Christine Chaumartin

LA FILLE DE L'OURS

Roman

Illustration de couverture : Mark Anthony Jacobson, *Shamanic Transformations of a Bear Clan Medicine Woman*.

Mark Anthony Jacobson est né en 1972 au Canada. Il est d'origine suédoise par son père et Ojibwé par sa mère. *Shamanic Artist* du mouvement Woodland Art, son travail est l'émanation de la culture Ojibwé.

http://markanthonyjacobson.blogspot.com/

© Christine Chaumartin, 2018.
Édition : BoD - Books on Demand, 12/14 rond-point des Champs-Élysées, 75008 Paris, France.
Impression : BoD - Books on Demand, Norderstedt, Allemagne.
ISBN : 978-2-322-09213-0
Dépôt légal : décembre 2018.

Merci à Solal, Pascal, Jean-Jacques et à celles et ceux qui fidèlement me lisent et m'encouragent.

La forêt se dresse devant elle. Elle s'y engouffre, pressée par une terreur plus forte que les esprits qui s'y dissimulent et la guettent, plus forte que la douleur qui broie son corps meurtri. Elle tombe, se relève, tombe de nouveau et se relève encore. Elle n'entend rien des bruits alentour, ni du cri des oiseaux qu'elle effraie, ni du torrent qui gronde quelques pas plus loin. Sa tête est toute pleine des battements de son cœur prêt à se rompre et de l'écho des hurlements qui désormais ne cesseront de la hanter. Elle avale sans en sentir le goût, le sang et les larmes qui coulent dans sa bouche. Elle jette en avant ses mains à vif, aux ongles arrachés, à la peau brûlée. Les arbres surgissent comme autant d'obstacles contre lesquels elle se précipite, accrochant follement à leurs branches les lambeaux de sa robe déchirée et les fils brillants de ses cheveux. Elle ne sait rien de l'ombre qui la suit, plus silencieuse qu'un battement d'aile, recueille ces dépouilles, relève les herbes foulées, efface les traces de sa fuite éperdue. Lorsqu'enfin elle s'abat au bord du néant, l'ombre s'approche, se penche sur elle, l'enveloppe puis disparaît.

Cet hiver-là, les bêtes sortirent des bois. On vit, dit-on, des loups s'approcher des habitations. Les grandes bêtes grises tournèrent un moment, humèrent l'air glacial puis hurlèrent longuement avant de prendre la direction du sud, d'une course pressée, toujours à la queue leu leu. Et, quoiqu'il en dît alors, ce ne fut pas le coup de feu de Sam qui les mit en fuite. Il leur en fallait bien plus pour les effrayer.

D'ailleurs Sam ne tua que le dernier, un peu boiteux et un peu plus lent que les autres. Justice cependant est de reconnaître que l'animal, un vieux mâle entièrement noir, au pelage couturé de coups de crocs anciens, était d'une taille rarement égalée, comme en témoignait sa peau qui orna quelque temps un mur du saloon.

Les loups ne furent pas les seuls à quitter les profondeurs de la forêt cet hiver-là. C'est Célestine qui, la première, aperçut les deux ours alors qu'elle était sortie chercher une brassée de bois. Pour parler vrai, elle fut la seule à les voir mais personne au village n'aurait songé à mettre en doute la parole de Célestine. Elle avait passé l'âge de poursuivre des chimères et n'avait plus rien à prouver. C'est ce qu'elle prit un instant pour un coup de fusil qui lui fit tourner la tête vers l'orée du bois. Le claquement sec rebondit de tronc en tronc. L'air même était si froid qu'il faisait comme un mur de glace réfléchissant les échos. C'était un arbre dont le cœur venait d'exploser sous la pression de sa sève gelée. Les deux énormes masses se mouvaient rapidement à la lisière de la forêt, puis le premier fit volte-face, se dressa de toute sa hauteur et envoya sa lourde patte griffue sur la tête ronde de son poursuivant. Puis, subitement, les deux monstres disparurent dans la forêt qui se referma sur eux, dans l'avalanche de la neige accumulée sur les branches. Cet événement ne fit qu'alourdir un peu plus l'angoisse indéfinissable qui pesait sur le village. Car enfin, les ours ne s'éloignent pas de leurs cavernes au cœur de l'hiver, et chacun de conjecturer sur ce qui avait pu les chasser de leur tanière. Parce que si les journées étaient courtes en ce mois de décembre, le temps était long et il y avait là de quoi entretenir les discussions près du foyer. De quoi différer le moment où il faudrait tout de même bien se résoudre à s'éloigner de l'âtre et à rompre le cercle rassurant de la famille, le moment où chacun devrait gagner sa couche et accepter de plonger dans les ténèbres en espérant s'endormir au plus vite et surtout ne pas rêver.

Les mères avaient beau glisser un sachet de valériane sous l'oreiller des enfants, elles avaient beau mêler au lait et au miel la graine amère de l'hellébore sauvage avant le coucher et marmonner de vieilles incantations que jamais le Pasteur n'aurait tolérées s'il était encore de ce monde, malgré tout, ce n'étaient que cauchemars que la nuit apportait dans sa noire besace. Des ombres tournaient autour des lits des petits qui s'éveillaient en hurlant. Alors les mères se levaient pour tenter de les rassurer et pour les border de nouveau au plus serré, car malgré le poêle qui ronflait, il n'était pas rare que les lits se couvrent de givre. Et à en juger par les yeux battus et cernés des hommes cet hiver-là, leur sommeil, même s'ils ne voulaient pas l'avouer, ne devait pas être plus apaisé. On se réveillait en sursaut au moindre craquement, cherchant à tâtons la carabine posée à portée de main.

Bien sûr, tout le monde gardait en mémoire la terreur de l'été 77. Mais les choses étaient différentes alors, on savait ce qu'il fallait redouter : la bande d'Indiens rebelles qui traversait le pays, pris en chasse par la cavalerie. Lorsqu'ils approchèrent de Missoula, on barricada les femmes et les enfants dans le saloon et on se prépara à soutenir un siège. On avait entendu dire que les sauvages avaient massacré des colons dans la prairie et les rumeurs parlaient de crimes bien plus abominables encore. Finalement, les Indiens passèrent plus à l'ouest et Little Creek fut épargné.

Or la peur qui s'était emparée du village cet hiver-là était d'une autre trempe. Aux premières neiges, elle avait fait son nid au fond des ventres et depuis, elle empoisonnait les jours et les nuits sans que l'on sache d'où elle était venue.

Lorsqu'au matin enfin les ténèbres refluaient, elles laissaient dans le ciel des traînées de plomb, annonçant de nouvelles chutes de neige. Du moins pouvait-on fixer son regard sur le rideau de la forêt et guetter à travers le carreau ce qui pourrait cette fois en sortir. Certains gestes se suspendaient dans l'attente. Les mains se figeaient dans la pâte qu'on oubliait de pétrir, le rabot s'immobilisait de longues minutes sur la planche, parfois même l'allumette se consumait sans atteindre le fourneau de la pipe. Puis le vent se levait, apportait des bourrasques de neige qui saturaient l'espace d'une blancheur opaque. Il s'engouffrait dans les rues du village et les transformait en gigantesques tuyaux d'orgue. C'était un sifflement ininterrompu qui pénétrait les fibres du corps, engourdissait les nerfs, au point qu'à l'intérieur même des maisons, l'oreille saturée de ces vibrations, on n'avançait plus qu'en titubant, comme dans la cale d'un navire chahuté par les flots.

Certains auraient aimé pouvoir se planter au milieu de la rue, face au vent, en espérant laver dans son souffle les vieilles fautes qui leur rongeaient l'âme. Le vent les aurait emportées comme des lambeaux d'écorce morte. Mais c'était risquer de sentir son cœur geler et devenir fragile comme du verre, et de le voir ensuite se briser au moindre choc en poussière de glace.

C'était en fin d'après-midi. Toute la journée, des rafales chargées de poudreuse s'étaient abattues sans discontinuer, aveuglant le village. Puis brutalement, comme si, en un instant, un dernier souffle plus violent avait chassé les nuages, tout s'était arrêté, libérant la vue, entre chien et loup, à l'heure où le ciel s'assombrit et où la neige se teinte de bleu. Il se fit un silence si profond qu'il faisait regretter les hurlements de la tempête. Même le feu cessa de crépiter. On lança quelques phrases creuses pour avoir quelque chose à entendre, certains même s'essayèrent à rire de ce temps de chien, de cet hiver comme on n'en avait jamais vu de mémoire d'Anciens, mais les éclats de voix ne résonnaient pas, ils étaient comme absorbés par l'épaisseur du silence. Alors des mains essuyèrent la buée des carreaux et les regards se tournèrent vers la lisière de la forêt. Tout d'abord, on ne vit rien. Pourtant on ne pouvait détacher les yeux de la frontière des arbres. Il était inconcevable que rien ne se passât, que rien n'apparût. Puis, on perçut un mouvement, une forme vague semblait bouger à la limite des ombres des bois. Trop petite pour un ours, trop haute pour un loup. Au fur et à mesure qu'elle avançait, elle se découpait progressivement sur la blancheur bleutée, comme un mirage vacillant. Au bout de quelques minutes, il fallut se rendre à l'évidence, une silhouette humaine se dirigeait vers le village. Et derrière elle, la neige se remettait à tomber de plus belle.

Écoute Tíikpuu, écoute et apprends l'histoire des Nimíipuu.
Sous les peaux tendues, elle écoute et elle apprend. Sa mère assise un peu à l'écart joue indéfiniment avec la chaîne qui pend à son cou et chantonne à mi-voix en se balançant doucement. *Wiluupup*, mois de glace et de neige les garde prisonniers sous la hutte recouverte de terre, enroulés dans les fourrures du X^áx^aac, le grand grizzli. La fumée s'élève depuis le foyer cerclé de pierres, mais c'est la voix du Fils de l'Ours qui surtout tient chaud. Elle peuple l'espace et l'esprit de Tíikpuu de visions d'un monde qui jamais plus ne lui sera étranger.

Ouvre ton cœur Tíikpuu, écoute et apprends l'histoire de Spi-li-yai, le Coyote, père des Nimíipuu.

En des temps que seuls le vent, la roche et l'eau ont connus, le monde était neuf et le pied des hommes ne foulait pas encore la vaste terre. Les animaux vivaient en paix, usant d'un commun langage. Alors, des lointaines terres du Nord, arriva Iltswetsix, un monstre, terrible et gigantesque. Chacun de ses pas ébranlait le sol et faisait frémir les montagnes dont la neige croulait en avalanches. Il s'arrêta dans la vallée de la Kamiah. Rien ne semblait pouvoir apaiser sa faim, sa panse était un gouffre sans fond. D'un souffle terrifiant, il commença par expulser l'air contenu dans les outres immenses de ses poumons, puis il aspira goulûment tous les êtres vivants des environs. Il les engloutit du plus petit au plus grand, du plus humble au plus puissant : le chipmunk timide, le raton laveur furtif, le castor, le daim et l'élan barbu, l'ours et jusqu'au lion des montagnes. Aucun n'échappa à sa gloutonnerie. Aucun, sauf Coyote qui était bien caché, mais il restait seul, privé de ses amis. Alors, son esprit lui dicta la ruse suivante : il franchit la Snake River, gravit les montagnes de la Wallowa et s'attacha au plus haut sommet. De là, il défia le monstre qui, furieux, tenta de l'aspirer. Mais les cordes qui le liaient à la montagne étaient solides, le monstre s'essoufflait en vain et il finit par s'épuiser. Il en nourrit une profonde terreur à l'égard des pouvoirs de Coyote. Il lui proposa de conclure la paix et l'invita à vivre près de lui. Coyote accepta, mais en son cœur il méditait une nouvelle ruse. Laissant couler de douces paroles, il prit le temps d'endormir la méfiance du monstre. Il attendit que naisse une lune nouvelle et puis il demanda à voir les animaux dévorés. Sans flairer le piège, la bête ouvrit la gueule et Coyote descendit dans les ténèbres de son estomac. Il y retrouva tous ses amis que le monstre avait gobés. Sans perdre un instant, Coyote saisit sa pierre à feu et alluma un grand brasier dans le ventre du monstre, dont il trancha le cœur avant de s'enfuir avec les autres animaux par la bouche restée grande ouverte.

La mère se lève, elle s'approche du foyer. À l'aide d'une pelle de bois, elle en retire quelques galets de rivière qui y chauffent et les plonge dans un baquet. L'eau siffle comme un serpent surpris sous la chaleur des pierres. Avant que la vapeur ne s'échappe, elle ajoute trois poignées de saumon pilé et séché et pose un couvercle de paille tressée sur le récipient.

Le Fils de l'Ours s'est interrompu pour la regarder. Comme toujours lorsque ses yeux se posent sur elle, leur éclat se voile et une ride se plisse, plus profonde que celles que toutes les saisons passées ont gravées sur son front. Tíikpuu, elle, pense à Coyote, à sa duplicité qui lui a permis de tromper le monstre, au courage qu'il a eu pour se glisser jusqu'au cœur de son ennemi. La mère se rassied, étrangère aux mystères qui se jouent dans la pénombre de la tente. Elle reprend son balancement et son fredonnement. Le Fils de l'Ours reprend son récit.

Spi-li-yai voulut alors fêter sa victoire sur le monstre. Il découpa la carcasse en plusieurs morceaux qu'il jeta du haut de la montagne. Là où ils tombèrent, dans les plaines, les vallées, sur les hauts plateaux ou les bords des fleuves, dans chacun de ces endroits, naquit une tribu de la nation indienne. Bientôt il ne resta plus rien du corps dépecé. Plus rien sinon le cœur : Coyote le brandit vers le ciel. Les dernières gouttes de sang en tombèrent et fécondèrent le sol de la vallée de la Kamiah. Elles donnèrent naissance aux Nimíipuu. Ils étaient peu nombreux, mais plus grands, plus nobles et plus sages. Ce spectacle réjouit le Grand Esprit, il pétrifia le cœur du monstre pour en faire une colline et ainsi conserver le souvenir de ce jour dans la mémoire des hommes.

L'histoire est terminée. Tíikpuu se lève à son tour et remplit trois écuelles de saumon. Dans le panier suspendu près du foyer, elle prend des gâteaux de qém'es. La récolte a été bonne cet été. Le Fils de l'Ours lui a appris à reconnaître les jacinthes bleues et à en déterrer les bulbes blancs profondément enfouis. Elle sait maintenant les faire cuire à l'étouffée une journée durant dans une fosse couverte de branches et de terre, avant de les réduire en farine sous la meule de pierre. Les réserves sont abondantes. Pour rapporter les racines et le poisson séché, ils ont dû faire deux fois le trajet du campement d'été dans la prairie au refuge d'hiver. Ils n'auront pas à craindre la faim en attendant le retour du printemps, et le Fils de l'Ours a promis à Tíikpuu de l'emmener chasser l'élan. Tous trois mangent en silence, même la mère s'est tue. Dehors le vent glacial souffle rageusement mais se brise sur la barrière des grands pins, il est déjà fatigué lorsqu'il vient frapper les parois de la hutte. Les pierres du foyer irradient doucement leur chaleur, Tíikpuu resserre autour d'elle la peau d'ours et ferme les yeux. Cette nuit, Coyote marchera à ses côtés sur le chemin des rêves.

Je m'appelle Pierre.

Cet hiver-là, j'avais quinze ans. Si je ne suis plus maintenant qu'un vieillard parvenu au terme de sa vie, je vous prie de croire que mes souvenirs de l'année 1895 sont toujours aussi clairs que l'eau des torrents. Comment pourrait-il en être autrement quand cette saison a décidé du reste de mon existence et que pas un jour ne s'est écoulé depuis sans que je la revive avec la même intensité.

On a beaucoup brodé sur ce qui s'est passé alors. Et puis, peu à peu, on a oublié. Aujourd'hui, je reste sans doute le seul témoin de ces évènements. Je veux les raconter tels qu'ils se sont réellement produits. Alors, ceux qui le méritent pourront continuer à reposer en paix. Quant aux autres, puissent-ils brûler en Enfer pour l'éternité !

Après avoir enflammé la Californie, la fièvre de l'or se répandit comme une épidémie à l'Est de la chaîne des Bitteroots. Dans les années 1860, des villes éphémères y poussèrent comme des champignons, suivant le mycélium des filons aurifères. Un flot ininterrompu de migrants déferlait, au point qu'en 1864 le gouvernement fédéral décida la création d'un nouvel état sur ces terres que se partageaient jusqu'alors les Indiens et quelques trappeurs. C'est ainsi que naquit le Montana, une petite cuillère en or dans la bouche. La même année, quatre prospecteurs venus de Géorgie installèrent leur campement dans *le Ravin de la dernière chance*, le bien nommé, qui bientôt devint la ville d'Helena, confortablement posée sur un gisement prometteur. Sa population ne cessa de gonfler, comme une tique assoiffée plantée dans une veine. Dix ans plus tard, c'étaient plus de trois mille affamés qui s'y massaient, espérant avoir eux aussi leur part du gâteau. Certains, en effet, en eurent une énorme et firent fortune. Mais dans chaque banquet, il en est toujours qui sont placés trop loin du plat pour se servir et en sont quitte à se serrer la ceinture en regardant les autres faire ripaille. Mon père, Élias, était de ceux-là, et sans lui chercher d'excuses, il faut bien dire qu'il n'avait jamais été chanceux. Dernier né d'une trop nombreuse fratrie, il avait très tôt appris que les notions d'équité et de partage demeurent de l'ordre de la théorie pour les traîne-misère, malgré tout ce qu'en pouvait dire le Pasteur, le dimanche au temple. S'il était resté le cadet, c'est que peu après sa naissance, son père était mort écrasé par l'arbre qu'un de ses compagnons bûcheron venait d'abattre. Comme tant d'autres, sa mère avait alors dû se louer dans les fermes pour nourrir ses enfants. Tant qu'elle l'allaita, elle le gardait sur son dos pendant les travaux des champs, mais lorsqu'il devint trop lourd pour ses reins déjà brisés, elle le laissa à la garde de ses aînés. Parmi eux, pas de grande sœur maternelle et dévouée, simplement une marmaille s'élevant comme elle le pouvait et ayant pour cela développé un féroce instinct de survie. Les premiers arrivés étaient les premiers servis, et le petit dernier devait faire avec ce qui restait. Il comprit vite que s'il voulait obtenir quelque chose, il ne fallait compter que sur lui-même et qu'il ne posséderait jamais que ce qu'il réussirait à prendre. Dès qu'il le put, il s'engageait à la journée et rapportait quelques cents à la maison. Quand il eut quatorze ans, il décida que les maigres fruits de son labeur lui revenaient en propre et qu'il saurait bien en faire usage seul. Un matin, sans rien dire à personne, il fit donc son baluchon et s'en alla grossir les rangs des aventuriers et des vagabonds qui prenaient la route de l'Ouest. Ce qu'il fit exactement pendant six ans, je l'ignore. Certains soirs, de plus en plus fréquents avant ce terrible hiver, il cherchait à dissiper dans le whisky les ombres qui pesaient sur son cœur. Il partait alors dans de grands monologues qui commençaient invariablement par « La vie est une chienne... » et dont le sens se dissolvait bien vite dans l'alcool. Mais dans ces moments-là, il lâchait des bribes d'informations décousues, avec lesquelles j'ai tenté de recomposer son existence. J'ai cru comprendre qu'il avait pendant un temps fait partie d'une équipe d'écorcheurs, lors des grandes chasses au bison dans les plaines. Un bon *buffalo runner*, comme on appelait les chasseurs, pouvait abattre jusqu'à cent bêtes en une journée. Les écorcheurs suivaient et prélevaient les peaux sur tous ces cadavres qui restaient pourrir sur place. La tâche était rude et écœurante. Dans un brouillard de mouches, l'odeur de viande fraîche et de sang vous imprégnait, si tenace que même celle de la sueur aigre ne parvenait pas à la couvrir. Et pour couronner le tout, les écorcheurs s'empoisonnaient avec le cyanure qu'ils utilisaient pour déshydrater les peaux. Il fallait mieux ne pas s'attarder dans le métier si on espérait faire de vieux os. Mon père a donc décidé d'aller voir ailleurs et s'est engagé comme cow-boy pendant quelques saisons. Mais veiller quinze heures par jour sur du bétail, dans la poussière et les dangers de la piste pour une poignée de haricots et trente dollars par mois ne pouvait le satisfaire bien longtemps. Quand il est arrivé à Helena en 1870, il avait vingt ans, le cuir déjà tanné par la violence de l'Ouest, et de l'ambition. Il a pourtant rapidement déchanté, les prospecteurs étaient légion et l'extraction de l'or n'était plus aussi aisée que quelques années auparavant. Les placers s'épuisaient et au fond de la batée ne luisaient plus que de rares paillettes. Les jours de l'artisanat étaient comptés et l'on s'acheminait vers une exploitation industrielle. Élias travailla sur un gisement, mais le peu qu'il gagnait était rapidement englouti au saloon et auprès des filles qu'attirait la foule de ces hommes sans foyer qui se tuaient à la tâche le jour et cherchaient un peu de plaisir la nuit. Un soir, une partie de poker tourna mal. Il perdit le peu qui lui restait et peu s'en fallut que celui qui l'avait dépouillé ne perdît, lui, la vie. Élias échappa de justesse à la potence et, le lendemain, il se joignit à un groupe de prospecteurs en manque de filon, décidés à aller tenter leur chance dans les montagnes encore vierges au nord d'Helena. Lors d'une halte dans une petite courbe de la rivière, l'un d'eux ramena des paillettes au fond de sa batée. Ils s'arrêtèrent et fondèrent Little Creek.

Les premiers jours d'*Ah-pah-ahl* sont pluvieux, l'eau ruisselle de partout. Elle libère des odeurs de terre, de tourbe et de mousse que l'hiver avait emprisonnées. La douceur qui s'installe en ce milieu de printemps fait fondre les dernières plaques de neige et transpirer les glaciers sur les sommets. Les cascades dévalent les pentes avec une ardeur nouvelle et leur chant nourrit les échos. Les rivières gonflent, elles polissent leurs galets dans leur courant glacé et préparent leur lit pour accueillir les saumons qui remonteront bientôt. La montagne se nimbe de la brume vert tendre des jeunes feuilles. Même les sombres aiguilles des grands pins sévères semblent s'adoucir. Les oursons nés pendant le sommeil de leur mère quittent la tanière et sortent enfin à la lumière. Parfois, les frondaisons s'affolent dans un raffut de battements d'ailes et de cris aigus, puis le calme revient, en apparence. Pour qui sait l'entendre, le silence n'est plus le même, il est chargé des bruits d'une vie encore timide qui n'attend qu'un ultime signal pour donner libre cours à la violence de ses instincts.

Ce matin-là, c'est le Fils de l'Ours qui la tire du sommeil. Il a revêtu ses habits de cérémonie. Il porte sa tunique blanche en peau de bison, brodée de perles bleues et de dents d'élan. À son collier de griffes de grizzli, il en a ajouté un autre, dix rangs de coquillages nacrés et cette étrange médaille. Et dans ses cheveux soigneusement tressés, trois plumes du grand aigle. Son visage est peint.

– Wiséekey'x, lève-toi, Tíikpuu.

Elle a compris et se lève. De l'autre côté du foyer, sa mère est étendue sur sa couche de peaux et de fourrures. Elle se penche sur elle et embrasse son front glacé. Dernier tribut à la dureté de l'hiver, elle gardera le souvenir de la froideur de ce dernier baiser. Elle savait ce moment proche, le savoir pourtant n'empêche pas la douleur. Voilà deux ans que sa mère n'avait plus prononcé un mot, chantonnant inlassablement la même ballade, ruminant la même litanie, ignorant le monde autour d'elle. Son esprit, déjà autrefois vagabond, vivait ailleurs, un ailleurs dont elle ne parlait jamais. Jusqu'à l'automne dernier, elle veillait sur le feu et accomplissait machinalement quelques tâches, mais la saison de glace a fini de geler le peu de vie qui brûlait faiblement en elle. Elle a doucement cessé de se nourrir et n'a plus quitté le refuge des fourrures que Tíikpuu entassait sur elle pour empêcher la chaleur de la fuir.

Le Fils de l'Ours est sorti. Elle se concentre sur les gestes auxquels elle s'est préparée. Elle retire la tunique de sa mère et lave le corps devenu si frêle. Dans un coffre, elle prend une peau et la déroule. C'est là qu'au milieu d'herbes odorantes est conservée comme une relique la robe que portait sa mère, douze ans plus tôt, lorsqu'elle est arrivée ici. Tíikpuu la presse sur son visage et cherche à y respirer les souvenirs de ses toutes premières années, elle n'y trouve que le parfum moribond des pétales desséchés d'arnica. La morte semble perdue dans la robe trop grande pour son corps épuisé, mais sa fille sait qu'elle aurait souhaité partir ainsi vêtue de ces dentelles aux teintes fanées d'un autre temps. Elle dénoue ses nattes et peigne ses longs cheveux, comme sa mère peignait les siens, quand assise devant elle, elle apprenait à lire sur la petite bible reliée de cuir rouge. Ce sont des souvenirs heureux que Tíikpuu garde de ces moments : les terribles récits de l'Ancien Testament, l'image terrifiante d'un Dieu vengeur et la douceur des mains qui caressent ses cheveux. À ces moments-là, sa mère était tout à elle, son regard brillait de nouveau lorsqu'elle entendait la voix de sa fille, d'abord hésitante, puis s'assurant au fil des jours et des pages. Elle s'échappait pour un temps de la vallée de brume, où bien vite ses yeux allaient de nouveau se perdre.

Il n'a pas fait un bruit, mais Tíikpuu n'a pas besoin de se retourner pour savoir que le Fils de l'Ours est revenu et qu'il est derrière elle. Quelque chose comme un changement imperceptible dans le poids de l'air l'a avertie de sa présence. Il lui a appris à sentir ce qu'on ne peut voir, nommer, ni expliquer, à déchiffrer des signes dont d'autres ne soupçonnent pas l'existence. Elle est encore bien loin de connaître tout ce qu'il a commencé à lui enseigner. C'est une voie longue et difficile qu'elle doit aussi parcourir seule. Il ne la complimente jamais et semble content d'elle.

– J'ai terminé, dit-elle.

Et elle se tourne enfin vers lui et son cœur tressaille. Elle le trouve soudain vieilli, vulnérable, à moins que ce ne soit la fatigue d'une nuit de veille. Il tient une écuelle remplie de couleur rouge, y plonge trois doigts de sa main droite et en peint le visage de la mère. Il jette ensuite dans le feu une poignée d'herbes. Une fumée monte, à l'odeur entêtante. Il s'assied et se met à chanter les paroles qui apaisent l'esprit des défunts et le cœur des vivants.

Le lendemain, ils sont allés déposer le corps dans la montagne, face à la vallée, à un endroit que le soleil éclaire de longues heures dans sa course. Le Fils de l'Ours a repris le chant rituel et cette fois Tíikpuu l'accompagne. Elle a fait siens les mots puissants qui font frémir les ombres, et alors que la lumière décline, elle a le sentiment qu'ils ne sont plus seuls. L'obscurité qui vient est traversée de mouvements furtifs, de souffles qui ne sont pas ceux du vent. Il est temps de laisser les âmes entre elles. Elle a glissé entre les mains de sa mère la petite bible rouge, puis ils ont posé les dernières pierres pour sceller le tertre. Juste avant, Tíikpuu a lu une dernière fois le nom écrit d'une plume appliquée sur la première page du livre : Leonora Wilson.

Little Creek. Plus de morts que de vivants. Le cimetière ne comptait pourtant qu'une soixantaine de tombes. Les plus sages avaient bien vite compris que l'endroit n'était bon ni pour vivre, ni pour mourir. Ils étaient simplement partis pendant qu'il en était encore temps.

Du plus loin que je me souvienne, dans la rue principale, les maisons, vides pour la plupart, luttaient pitoyablement pour rester debout. C'étaient de simples maisons de bois d'un étage, parfois flanquées d'un appentis, aux fenêtres rares. Beaucoup n'avaient qu'une pièce, où quelques meubles boiteux et un lit se serraient autour du poêle. Il faut dire que la population de Little Creek était essentiellement masculine. L'espoir de trouver un filon aurifère attirait surtout des hommes seuls, qui, comme mon père, n'avaient plus rien à perdre sinon leur peau et leurs dernières illusions. Bien peu nombreux étaient ceux qui arrivaient avec femme et enfants. Ceux-là clouaient quelques planches de plus, de quoi rajouter une paillasse ou deux dans un recoin, et les autres les regardaient avec un mélange trouble d'envie et de pitié. Vers 1880, la population commença à décliner. L'évidence s'imposait : le site n'avait pas tenu ses promesses. On avait bien trouvé de l'or, dans les premières années, mais juste assez pour vivre chichement et certainement pas suffisamment pour faire fortune, ni même nourrir longtemps une famille trop nombreuse. On vit donc les premiers chariots se charger et prendre la route du départ. Quand trois ans plus tard, Johnstown, bientôt rebaptisée Great Falls, fut fondée un peu plus au nord, la population connut une nouvelle hémorragie. Fatigués de la rudesse d'une vie qui s'usait trop vite au contact d'une nature âpre et sauvage, beaucoup plièrent bagages et cédèrent à l'attrait d'une ville neuve et moderne, où l'industrie naissante semblait offrir des lendemains qui chantent. D'autres, trop têtus, trop vieux ou trop résignés restèrent sourds à ces sirènes.

Au bout de quelque temps, on assista à un curieux manège : lorsqu'une maison située vers le centre du village était désertée, elle restait quelques jours inoccupée avant qu'un beau matin, on y retrouve installés de nouveaux occupants venus de l'extrémité de la rue principale. C'est la famille Abott qui donna l'exemple. Ils étaient trop pauvres pour quitter Little Creek et s'entassaient à six dans une baraque délabrée, la plus éloignée de toutes. Alors quand une maison plus grande et en meilleur état fut abandonnée, Charlie Abott y emménagea, la nuit tombée, avec mère, femme et enfants. Il en fut pour dire que ce qui avait motivé Charlie ce n'était pas le confort des siens, mais l'aubaine de se rapprocher du saloon où il passait le plus clair de son temps. Certains ajoutèrent même que Clara aurait moins longtemps à le porter, les soirs où il n'était plus capable de retrouver seul le chemin de son lit. Et comme, dans le village, on respectait Clara pour tout ce qu'elle endurait, on laissa faire. Puis, on se demanda pourquoi ne pas les imiter, après tout. Et l'on vit ainsi, au fur et à mesure des départs des uns, les autres se regrouper vers le centre, comme poussés par un instinct grégaire ou par la nécessité de faire bloc, de resserrer les rangs face à l'adversité.

En cet hiver 1895, seul le cœur de Little Creek, écrasé sous la neige, battait encore faiblement, l'extrémité de ses membres gelés était privée de vie.

J'avais quinze ans et une furieuse envie de m'évader de ce village fantôme, de franchir les murailles rocheuses pour voir à quoi ressemblait l'horizon. L'océan, peut-être. Le fleuve y allait bien, pourquoi pas moi ? Le rêve d'une vision où rien ne serait venu briser l'horizontalité, ni les grands pins accrochés aux flancs des montagnes, ni les sommets pelés dont les dents déchirent le ciel. Le rêve d'un endroit où rien n'aurait arrêté le regard, ni l'esprit. Tout ce qui pouvait parler d'infini. Pourtant je me sentais pétrifié ici, au milieu des rochers, retenu par des chaînes invisibles qu'avait forgées mon père. C'était un vieillard de quarante-cinq ans. Je vivais seul avec lui si l'on peut parler de vivre avec quelqu'un qu'on ne croise que quelques heures dans la journée. Tous les matins, il partait sans un mot et errait dans la montagne. Il ne revenait qu'avec la nuit et, les jours fastes, des peaux de castors et un daim sur la croupe de son cheval. Quand il avait quelques dollars en poche, il disparaissait au saloon et je ne le revoyais que le lendemain matin. Les autres soirs, il s'effondrait sur son lit avec sa bouteille, ces soirs dont j'ai déjà parlé, où l'alcool seul lui déliait la langue. J'ai longtemps cru que son silence et sa froideur envers moi étaient les muets reproches dont il m'accablait, moi qui avais fait mourir sa femme lorsqu'elle m'avait mis au monde. Peut-être est-ce pour cela que je me sentais lié à lui et que je ne parvenais pas à le quitter. Alors je me réfugiais chez Célestine et le vieux Tim. Ils étaient les seuls à ne pas s'être rapprochés du centre du village. Pour me rendre chez eux, je descendais la rue principale en passant entre de lugubres maisons abandonnées. Tim était aveugle. Alors qu'il prospectait, il avait découvert une ouverture étroite au flanc de la montagne, comme dissimulée derrière un empilement de blocs moussus. La barre-à-mine avait suffi à dégager l'entrée d'une grotte exiguë. Elle se prolongeait en un boyau qui semblait s'enfoncer profondément au cœur même du massif. Il avait voulu élargir le passage, mais avait mal calculé la charge de dynamite. L'explosion avait criblé son visage d'éclats de roche. Il avait fallu trois jours de travail pour venir à bout de l'éboulement qui le retenait prisonnier, et quand on put enfin l'extraire de son trou et le remonter à la lumière, il était trop tard pour sauver ses yeux. Mais, ça, c'était avant ma naissance.

À ceux qui les pressaient de déménager pour rejoindre le troupeau, Célestine avait opposé que Tim avait ses repères là où il était, qu'il savait trouver chaque objet, qu'il connaissait le nombre de pas qui le séparait de la réserve à bois et qu'il était trop vieux pour recommencer ailleurs. Balivernes, que tout cela ! Durant les heures qu'il avait passées dans la gueule des Enfers, Tim avait perdu la vue, mais on s'aperçut vite, au village, qu'il avait gagné autre chose, une chose bien plus importante, qu'on regardait avec curiosité, mêlée d'une sorte de respect craintif. Quoi qu'il en soit, ce n'étaient certainement pas ses yeux morts qui les retenaient dans leur maison isolée. En réalité, Célestine et lui se suffisaient l'un à l'autre. À un âge où l'on cherche d'ordinaire à être entouré, eux paraissaient au contraire fuir la compagnie, comme deux êtres qui n'attendent plus grand-chose de leurs semblables. Moi seul échappais à leur désenchantement, parce qu'ils m'avaient élevé, et que, malgré ma jeunesse, je ne les comprenais que trop bien.

Entendons-nous bien, ils n'étaient pas mari et femme. Célestine n'avait pas besoin d'un homme. Des hommes, elle en avait soupé jusqu'à l'écœurement pour avoir longtemps travaillé dans une maison close à Helena. Après des années de bons et loyaux services, sa taille s'épaissit et ses seins n'avaient plus la fermeté de ceux des gamines que les clients lui préféraient de plus en plus souvent. Pourtant la maquerelle lui proposa de la garder, pour blanchir le linge, faire les chambres et la cuisine. Elle refusa et versa tout ce qu'elle avait économisé pour racheter son contrat et sa liberté. Quand elle débarqua à Little Creek, avec une valise et sa misère, on connut bien vite son histoire, mais on comprit tout aussi vite qu'elle en avait fini avec ça. Elle se fit embaucher au saloon-épicerie où son ragoût d'élan la rendit bientôt indispensable : le patron, Sam Lauton, ne savait que faire brûler des haricots sur lesquels plus d'un avait laissé une mauvaise dent. Et s'il arrivait qu'une main s'égare trop près de ses jupes quand elle servait, la louche déviait et déversait son contenu bouillant sur l'entrejambe du malheureux qui se le tenait pour dit. Dans un premier temps, elle négocia pour tout salaire qu'on lui construisît une cabane un peu à l'écart du village, à mi-chemin entre la dernière maison et la lisière de la forêt. Depuis son accident, Tim passait ses journées dans un coin du saloon, à sculpter dans des morceaux de bois des animaux plus vrais que nature, à croire que la mémoire de ses yeux était passée dans ses doigts. C'est tout naturellement qu'il vint s'installer avec elle. Personne n'y trouva rien à redire, tant ces deux-là en imposaient. Même le pasteur se contenta de parler de charité et l'affaire fut classée. Il faut dire qu'il n'était pas mécontent de voir Tim quitter le saloon : les femmes venaient l'y consulter pour savoir si elles pouvaient voir sans crainte leurs maris partir en expédition ou, pour les rares qui étaient encore en âge, si le bébé se présentait bien. Tout cela n'était ni très convenable, ni très orthodoxe. Certaines avaient même essayé de lui faire prédire le sexe de l'enfant à naître, mais pour ça comme pour tout ce qui concernait la prospection aurifère, il prétendait ne pas avoir de visions. On eut beau insister, ce fut peine perdue. Lorsqu'il emménagea chez Célestine, on continua un moment à venir prendre les augures. Puis les visites s'espacèrent pour devenir exceptionnelles, tant il est vrai que rien d'imprévu ne semblait devoir se produire à Little Creek.

Célestine et Tim avaient donc vieilli ensemble et continuaient à le faire comme si rien ne pouvait les atteindre. Comme si…

Mais je vais m'effacer et laisser l'histoire dérouler les événements de cet hiver maudit.

La sueur ruisselle sur le corps de Tíikpuu. De la main, elle essuie les gouttes qui lui coulent dans les yeux et verse à nouveau de l'eau sur les pierres brûlantes. Une bouffée de vapeur la fait presque suffoquer, chargée de l'odeur des plantes médicinales qui exhalent leurs vertus dans la touffeur de la loge à sudation. Elle l'a construite ce matin, près de la cascade, une armature de branches souples couvertes de peaux de daim. Elle a ensuite accompagné le Fils de l'Ours dans la montagne pour cueillir les herbes bénéfiques, celles qui soignent le corps et purifient l'âme. Le Fils de l'Ours est un *tiwe-t*, un homme médecine puissant, que tous respectaient et que les chefs eux-mêmes redoutaient, du temps, où il vivait avec son peuple. Ailleurs, ceux qui ont survécu chantent son nom, le soir, pour qu'il continue d'habiter la mémoire des enfants.

Dans l'étroit espace où elle ne tient que recroquevillée sur elle-même, elle sourit en songeant à la légende qu'il lui a racontée, une autre histoire de Coyote.

Comme le Soleil brillait d'un éternel été et desséchait la Terre au plus grand malheur de tous, Coyote décida de l'attirer dans un piège et de le tuer. Mais l'astre cheminait trop haut dans le ciel et il avait beau sauter et sauter encore, il ne parvenait pas à l'atteindre. Il eut alors l'idée de demander de l'aide à la grenouille, qui accepta, trop heureuse de mettre un terme à la chaleur qui tarissait son étang et parcheminait sa peau. Il la lança de toutes ses forces et elle parvint à agripper le Soleil de ses pattes gluantes. Tous deux retombèrent sur terre. Coyote les accueillit de ses fourbes paroles, il conta au Soleil que leurs pères étaient amis et l'invita dans sa hutte. Là, il se précipita sur lui et lui coupa la tête. Après s'être amusé pendant quelques jours à parcourir le ciel à la place de l'astre défunt, Coyote se lassa de ce travail répétitif et épuisant. Il le ramena donc à la vie en le déposant dans la loge à sudation. Le Soleil en sortit comme rajeuni. Il avoua combien sa tâche était pénible et usait ses forces. Coyote lui proposa donc de travailler une partie de l'année seulement, et ce fut l'été, de commencer ensuite à se reposer, et ce fut l'automne, puis de cesser ou presque son labeur, et ce fut l'hiver, de recommencer enfin à réchauffer la Terre en douceur, et ce fut le printemps. Les saisons étaient nées.

Tíikpuu a vu douze fois s'accomplir leur cycle, et voilà une lune qu'elle vit seule avec le Fils de l'Ours, depuis que sa mère les a quittés. Hier, il lui a annoncé que le moment était venu pour elle d'aller à la rencontre de son esprit protecteur, son *Wéy-a-kin*. Chaque membre de la tribu a le sien, qu'il honore et prie dans les épreuves de l'existence. Mais le *Wéy-a-kin* ne se dévoile pas facilement, sa quête est une expérience sacrée qu'il faut entreprendre sans pour autant être certain de la mener à bien. Tíikpuu s'y prépare, elle partira le lendemain, à l'aube pour gagner le sommet de la montagne. Dans la loge, les pierres refroidissent, la vapeur retombe, le parfum des herbes s'éteint. Elle écarte les peaux et s'aperçoit que le soleil a décliné : ses derniers rayons n'embrasent plus que les crêtes. D'un bond, elle a plongé dans le bassin sous la cascade qui se déverse sur elle. L'eau glacée plante ses mille aiguilles dans sa chair qui se met à brûler. De son ventre monte un cri sauvage qui résonne et se brise sur les rochers. Peut-être, là-haut, son *Wéy-a-kin* l'a-t-il entendu et se prépare-t-il, lui aussi, au jeu qui les attend. Tremblante, elle rejoint la rive, enfile sa tunique et ses mocassins, et à travers la forêt déjà sombre, dévale la pente jusqu'à la hutte où l'attend le Fils de l'Ours.

La pâleur rose du ciel se teinte peu à peu d'un bleu lumineux, lorsqu'à l'aurore suivante elle laisse derrière elle les derniers arbres et commence à suivre la piste qui monte vers les sommets. La prairie s'encombre déjà d'un chaos de blocs, détachés des versants abrupts qui se dressent comme un défi. Des sifflements fusent à son approche et les marmottes disparaissent, dérangées alors qu'elles se gavaient de l'herbe rase, affaiblies par le jeûne hivernal. Tíikpuu ménage ses forces, le chemin est encore long qui la sépare de son but et elle n'a emporté ni eau, ni nourriture, ni arme d'aucune sorte. Telle est la règle dans la quête du *Wéy-a-kin*.

Voilà plusieurs heures qu'elle marche d'un pas régulier. La pente se durcit et la végétation s'appauvrit au milieu des pierres plus nombreuses. De petits cailloux roulent sous ses pieds, elle en ramasse un qu'elle met dans sa bouche et suce pour tromper la soif qui lui serre la gorge. Cette fois, il ne reste plus trace du sentier. Personne ne s'aventure si loin dans la montagne, il n'y a rien à y trouver, sinon son destin. Et rares sont ceux qui vont à sa rencontre. Un cri perçant lui fait lever la tête, le soleil l'aveugle, mais elle a le temps de voir se découper la silhouette d'un grand aigle qui tourne dans la lumière. Elle a pénétré dans son royaume, celui des hauteurs sauvages et solitaires. Le terme de sa course est proche, elle commence à guetter un signe qui lui dira où s'arrêter. Concentrée sur son ascension, elle n'a, jusqu'alors, que peu regardé autour d'elle, mais maintenant qu'elle doit chercher des yeux les passages praticables entre les rochers, la montagne lui semble déserte. Elle a l'habitude de deviner la présence des animaux, les longues heures d'affût et de chasse passées aux côtés du Fils de l'Ours l'y ont exercée. Or depuis que s'est éteint le glatissement de l'aigle, c'est un étrange silence minéral qui pèse tout autour d'elle. Seul parfois cascade un instant le bruit sec d'un éboulis avant que tout ne se fige de nouveau. Derrière la façade austère de la roche et malgré l'altitude vit pourtant une faune de poils et de plumes, qui, à ce moment précis, se terre et se tait. Écrasée et solitaire dans ce paysage gigantesque, T'iikpuu ne représente aucune menace et devrait au moins apercevoir un mouflon, aux cornes recourbées, la toisant, farouche et curieux, du haut d'un promontoire escarpé. Elle devrait entendre le cri d'alarme rauque d'une perdrix des neiges et son envol pesant, surprendre la fuite d'un rongeur. Rien cependant ne bouge, ni ne bruit. Tout est comme pétrifié dans l'attente. Elle veut y voir le signe que la montagne sent l'approche des esprits qui rôdent et elle poursuit son chemin, plus lentement, attentive à saisir le moindre indice. Lorsqu'elle atteint un palier rocheux, une respiration lui fait tourner la tête : quelques mètres au-dessus d'elle, l'observe une chèvre des montagnes, comme suspendue sur le mur vertical de la paroi, malgré son corps râblé. Elle porte encore son épaisse fourrure hivernale, d'une blancheur sans pareille, étrange animal qui tient de l'ours pour son pelage, du bison pour son échine trapue, du cheval pour sa tête, massive et allongée, du chamois pour ses fines cornes et son agilité. Dans certaines tribus, elle est la proie mythique. Sa chair a beau être trop endurcie par les courses acrobatiques, la beauté et le danger de sa traque sur les sommets apportent la gloire au chasseur.

Sa barbe tremble alors qu'elle mâche paisiblement un bouquet de lichens sans quitter Tíikpuu de ses yeux brillants. Soudain, elle pousse un bêlement, semble rebondir sur d'invisibles appuis et disparaît dans une faille que les ombres et le gris de la pierre dissimulaient en gommant perspectives et profondeurs. Elle est le guide que Tíikpuu espérait. Elle va pour s'élancer sur ses traces, le regard tendu vers la brèche qu'elle ne discerne plus qu'à peine. Son pied dérape, le sol s'éboule et se dérobe. Elle tend les bras pour s'accrocher n'importe où et ses mains se déchirent aux arêtes acérées. Une étroite plateforme la retient enfin, au bord d'une crevasse. Elle s'accroupit, de ses bras enveloppe sa tête posée sur ses genoux et se maudit en reprenant son souffle. Comment a-t-elle pu oublier les leçons du Fils de l'Ours ? *Ne te laisse jamais emporter par un mouvement trop vif de ton cœur. C'est avec l'esprit calme que tu dois choisir la voie à emprunter, surtout si cette voie est celle des épreuves.* Elle se redresse et en mesurant chacun de ses gestes, le corps collé aux pierres qui la lacèrent, elle parvient à regagner l'endroit où elle a vu la chèvre blanche. Il lui faut plusieurs heures et de nombreux détours pour atteindre la faille où a disparu l'animal. Elle s'y glisse et ressort sur un autre versant de la montagne, dans un cirque étroit comme un puits, fermé par des murailles d'éboulis. Elle n'a pas le moindre doute, ce sera là que la rencontre se produira, si elle doit se produire. Près de l'interstice par lequel elle est arrivée, de l'eau suinte le long de la roche. Elle y lave son visage et ses mains écorchées, qu'elle lèche ensuite, remplaçant dans sa bouche desséchée le goût de la poussière par celui du sang. Le ciel se voile et la brume nocturne commence à monter. Le temps presse. Elle ramasse des pierres qu'elle dispose en un cercle parfait, au centre duquel elle s'assied sur l'herbe rase. Elle commence à scander la chanson du *Wéy-a-kin*.

Les bruits de la nuit lui sont familiers, elle sait reconnaître ceux qui sont porteurs de dangers et ceux qui ne sont que la respiration de la nature. C'est contre son corps qu'elle doit lutter, non contre sa peur. Elle est à l'abri du vent mais le froid de l'altitude commence à l'engourdir et la faim lui noue douloureusement le ventre. Il suffirait de se laisser aller au sommeil qui appesantit ses paupières pour les oublier. Combien avant elle ont-ils commis cette erreur et n'ont pas vu leur *Wéy-a-kin* danser autour d'eux ? Certains même ne se sont pas réveillés. Le Fils de l'Ours l'a mise en garde contre cette tentation, alors, en pensant à sa mère, elle se met à se balancer et, au rythme de son chant, frappe dans ses mains pour se réchauffer. Lorsque la lutte devient trop dure, elle se lève et passe sur son visage l'eau glacée qui ruisselle sur la paroi. Elle a disposé les pierres près de la faille, pour l'atteindre sans avoir à sortir du cercle magique. Le briser serait signe de renoncement, d'abandon de la quête sacrée. L'obscurité est épaisse, la lune et les étoiles dissimulent leur clarté derrière la couverture des nuages. Elle se déchire parfois quelques instants, animant des ombres fugitives, puis se reforme pour rendre leur densité aux ténèbres. Tíikpuu estime que trois heures la séparent encore de l'aube, il est peu probable que l'Esprit se manifeste cette nuit. Elle s'est préparée à cela, l'attente fait partie de l'épreuve. Le *Wéy-a-kin* teste le courage et la détermination de celui à qui il va s'attacher, car une fois le lien tissé, plus rien ne peut le rompre. Les paroles de la chanson s'enchaînent moins facilement, les mots s'embourbent dans sa bouche, malgré sa volonté, elle s'enlise doucement dans le sommeil. Un cliquetis la fait sursauter et, en un éclair, la ramène à la conscience. Des pierres coulent sur la pente des éboulis. Un coup de vent soudain dissipe les sombres nuées et la lumière jaune de la lune fait naître une procession de formes furtives. Surprise par la clarté subite, la première s'immobilise, tend son cou vers le ciel, lance un affreux hurlement et reprend sa course légère. Ils sont six loups à se diriger vers elle, en zigzag parmi les blocs croulants. Tíikpuu se dresse d'un bond, elle ne quitte pas des yeux les longues silhouettes grises, et de la main, cherche la faille dans son dos. Si elle s'y glisse maintenant, elle pourra échapper à la meute. Pourtant elle ne peut se résoudre à franchir le cercle de pierres. Les loups se sont rapprochés, elle peut maintenant les distinguer. Ce sont de grandes bêtes efflanquées. Leur guide, lui est massif, son pelage d'un noir profond. Il s'arrête à quelques pas d'elle et les autres imitent son mouvement. Planté sur ses pattes avant, il creuse son échine, se préparant à bondir à la gorge de sa proie. Ses babines retroussées tremblent d'excitation, tandis qu'il gronde d'un grondement terrifiant repris par le chœur de ses suivants. Il est trop tard pour fuir : le premier mouvement que Tíikpuu esquissera donnera le signal de l'attaque. Elle essaye de juguler la peur qui tord son ventre, alors elle chante la prière de tous les Esprits. Le fauve semble un court moment interdit devant cette voix humaine qui monte avec une force inattendue au cœur de la nuit, mais un nouveau rictus fronce ses lèvres et révèle ses crocs luisants. Il bande ses muscles, quand derrière lui, un rugissement formidable lui fait faire volte-face. Comme arrachée au flanc de la montagne, une masse gigantesque se précipite vers eux et balaie dans sa charge furieuse deux des loups gris. Ils roulent en contrebas, poussant des gémissements plaintifs. Les trois autres tentent de prendre le dessus en harcelant de tous côtés le monstrueux grizzli. Leurs mâchoires se perdent en vain dans l'épaisseur de sa fourrure. En quelques pas d'une danse souple, l'ours se dégage, et, l'un après l'autre, les envoie voler d'un coup de patte, comme on se débarrasse d'insectes agaçants. Il se dresse, le Frère des hommes, et reste seul face au grand loup noir qui s'aplatit, oreilles basses, grognant de colère et de crainte, sachant la lutte inégale. Il bondit pourtant, dans une tentative d'attaque désespérée. En même temps que les sept cents livres de chair, de graisse et de poils, retombent cinq griffes qui déchirent l'épaule du loup. Il s'enfuit, boiteux, mais vivant. Le grizzli se détourne du vaincu, et de sa démarche ondoyante s'approche de Tíikpuu. Il s'arrête à la limite de cercle de pierres et en grommelant tend vers elle sa tête massive et ronde. Son museau allongé à la large truffe la renifle avec curiosité. Sans crainte, elle tend la main pour caresser son front. Un rugissement paralyse son geste. Elle sent sur son visage l'haleine chaude de l'ours qui refuse le lien qu'elle tentait de nouer. Il fait quelques mètres à reculons et disparaît, comme englouti par l'obscurité.

Tíikpuu s'effondre, tremblante. Sans qu'elle s'en aperçoive vraiment des larmes coulent sur ses joues. Elle se roule en boule et se laisse aller. Un souffle d'air plus doux la réveille. Elle constate avec soulagement qu'elle n'a pas dormi longtemps, juste le temps de rêver peut-être. Le soleil est encore caché derrière les montagnes, mais il va bientôt poindre et fait déjà luire les plaques de neige qui s'attardent aux sommets. Tout est calme et silencieux. Un peu plus loin, une touffe de poils noirs s'envole. Elle sourit et s'installe face à l'orient pour accueillir sur son visage les premiers rayons. Le *Wéy-a-kin* aime jouer à cache-cache dans la lumière, apparaître parfois au gré d'un éblouissement, c'est pourquoi elle doit suivre le soleil dans sa course. Le temps passe, ses lèvres sèchent, sa peau brûle. L'astre est maintenant haut dans le ciel et se démultiplie dans le miroir des glaciers. Par moments, elle ferme ses yeux rougis pour ne pas être aveuglée. Sous ses paupières, les phosphènes s'affolent. Le disque incandescent reste imprimé, traversé d'éclairs rouges, orange et noirs, elle essaye de guider la danse de ces chimériques étincelles, de lire des signes dans la fulgurance des couleurs. Lorsque s'estompent les éclats lumineux, elle tourne à nouveau son regard vers le soleil, jusqu'à la limite de la brûlure. Plus tard, elle perçoit un appel rauque, une suite de sons articulés mais obscurs, comme une étrange langue oubliée. Elle frissonne lorsqu'elle sent la fraîcheur d'une ombre sur son visage, derrière ses paupières closes, la violence des couleurs s'éteint, une haute silhouette se dessine, puis se tasse lentement. Tíikpuu a retenu son souffle, de crainte de briser la magie qui s'opère. Lorsqu'elle reprend sa respiration, une odeur d'herbes sauvages et de gibier emplit ses narines. Elle ose alors ouvrir les yeux. Devant elle est assis Coyote qui la fixe intensément. Elle jurerait que sa gueule se fend en un sourire malicieux. Un rayon de soleil l'éblouit. Quand la vue lui revient, c'est une figure humaine qui lui fait face. L'Esprit a les traits d'un jeune homme. Sur sa tunique fauve, il porte une couverture en laine de chèvres des montagnes, une pierre dorée pend autour de son cou. Tíikpuu se tait mais soutient son regard ironique. Il se met à parler, et cette fois les sons gutturaux font sens pour elle. Sa tête tourne, sa vision se trouble. Quand elle reprend connaissance, il ne reste près d'elle qu'un coyote qui lui lèche la main, puis disparaît en trottant entre les rochers.

Elle se redresse en titubant un peu, ramasse les talismans qui ne la quitteront plus, puis pénètre dans l'anfractuosité pour regagner l'autre versant de la montagne. Le paysage s'offre à elle dans son immensité. En descendant, les pentes escarpées se couvrent de forêts, tout en bas reverdissent les vastes prairies et la vallée où la rivière dénoue ses larges boucles. Dans l'une d'elle, loin en aval, d'infimes taches grises signalent le village des hommes blancs. Des glapissements moqueurs l'arrachent à sa rêverie. Elle part en courant dans les éboulis rejoindre le Fils de l'Ours. La fièvre la dévore mais elle se sent immortelle, Coyote marche à ses côtés sur le chemin de la vie.

Un bruit sourd, celui d'une masse heurtant la porte, fit sursauter Pierre, assoupi près du poêle dans le vieux rocking-chair où il attendait le retour d'Élias. La nuit était tombée depuis plusieurs heures déjà. Il repoussa la couverture de grosse laine qui couvrait ses jambes et posa près de lui l'exemplaire fatigué de *Robinson Crusoé* sur lequel il s'était endormi. Les livres étaient rares à Little Creek, aussi tenait-il particulièrement à celui-ci, un cadeau de Célestine pour ses six ans. Elle lui avait appris à lire dans les pages de Defoe, dans un monde exotique, une île perdue au milieu d'un océan que l'enfant qu'il était avait du mal à imaginer. Sous des cieux azuréens et un soleil étranger, en même temps que les lettres, il avait découvert des plantes et des animaux étranges, de gigantesques tortues qui nageaient comme des poissons malgré leur lourde carapace, des oiseaux parleurs aux violentes couleurs. L'isolement de Robinson trouvait dans son cœur des échos douloureux et souvent il cherchait dans les aventures du marin anglais un réconfort à sa propre solitude, ce qui jetait son père dans de terribles accès de rage lorsqu'il le surprenait, rêvant le livre à la main. Une bonne partie de la population ne savait pas lire et n'en voyait pas l'intérêt. Il suffisait de pouvoir déchiffrer ce qui était vraiment indispensable :

les chiffres qui renseignaient sur le cours de l'or ou des peaux et les mots inscrits sur les boîtes de munitions, encore que là, comme pour le whiskey, on pouvait se débrouiller d'après la couleur de l'emballage ou de l'étiquette. Beaucoup des hommes signaient d'un paraphe illisible ou au contraire d'une écriture maladroitement appliquée qui trahissait la difficulté de l'exercice. De toute façon, à part sur le registre de la paroisse pour un décès ou une naissance, on n'avait pas souvent l'occasion de signer. Les accords étaient conclus autour d'un verre par une poignée de main, dont la fermeté était une garantie bien plus fiable qu'une trace d'encre sur du papier.

Les enfants s'en tiraient mieux. Le pasteur considérait l'alphabétisation comme une véritable mission, il avait même un moment espéré dispenser des cours à toutes ses ouailles. Auprès des hommes, comme il aurait dû s'en douter, il s'était heurté à un mur de refus et d'incompréhension méprisante. Il avait eu beau rappeler qu'un chrétien doit lire la Bible, trappeurs, prospecteurs et bûcherons avaient mieux à faire qu'à perdre leur temps avec de pareilles futilités. Il avait eu un peu plus de chance avec les femmes. Certaines possédaient déjà quelques rudiments et le respect de la religion et de ses ministres les portait plus naturellement à vouloir déchiffrer les Saintes Écritures. Elles profitèrent des cours des enfants, et sous prétexte de vérifier les progrès de leurs petits, réapprenaient en surveillant leur lecture. Lorsqu'en 1892 le pasteur rendit son âme au Seigneur, il ne fut pas remplacé. La poignée d'habitants qui restait ne justifiait pas de dépêcher un nouvel homme de Dieu et il se peut bien qu'ailleurs on ait oublié jusqu'à l'existence du village.

Pierre se dirigea donc vers la porte, et sachant très bien ce qu'il allait trouver derrière, l'ouvrit avec précautions. Privé d'appui, Elias glissa et, avec un juron mal articulé, s'affala moitié sur le seuil, moitié à l'intérieur de la maison.

— Allez, Papa, aide-moi un peu, fit Pierre d'une voix lasse en attrapant son père sous les aisselles pour le relever.

Élias se redressa péniblement et vint peser de tout son poids titubant sur l'épaule de son fils. Avec lui, une odeur acide d'alcool et de sueur pénétra dans la pièce. Pierre ferma la porte d'un coup de pied et le traîna jusqu'au lit où il le laissa s'effondrer. Comme tous les soirs où il rentrait ivre du saloon, il allait s'endormir d'un sommeil de brute et ronfler jusqu'au lendemain. Ces soirs-là étaient de plus en plus fréquents et Pierre voyait son père changer. Il l'avait toujours connu taciturne, mais depuis quelque temps, c'était autre chose. Une colère sourde semblait le ronger de l'intérieur et éclairait parfois son regard d'une lueur mauvaise. Le whiskey ne faisait qu'attiser le feu qui couvait en lui. Pierre s'approcha pour lui retirer ses bottes. À la deuxième, Élias se raidit et grogna, et quand Pierre souleva ses jambes pour les glisser sous la couverture, il se redressa en écumant de rage, les bras en avant, comme galvanisé par une décharge de haine. Une salive brunâtre coulait sur son menton, ses yeux écarquillés par la démence étaient piqués de rouge. Pierre eut un mouvement de recul devant ce soudain accès de fureur et les mains qui cherchaient à l'agripper se refermèrent sur le vide.

— Sale fils de pute, qu'est-ce que tu essayais de faire ? Tu voulais ma peau, c'est ça ?

— Papa, calme-toi ! C'est moi… c'est Pierre !

— Je l'vois bien ! Qu'est-ce que tu crois ? Je ne suis pas fou, tu n'es pas encore débarrassé de moi.

Désemparé, Pierre alla chercher un broc d'eau et une serviette pour rafraîchir son père, qui avait réussi à s'asseoir sur le bord du lit. De nouvelles imprécations le clouèrent sur place.

— Dégage, enfant de putain ! Je sais bien ce que tu veux, va, mais tu peux toujours chercher, tu ne trouveras rien, tu m'entends, rien ! Même moi je n'ai rien trouvé, alors toi !

Élias tenta de se lever, mais son buste vacillant sous le poids de sa tête lourde d'alcool le déséquilibrait et il retomba en arrière.

— Papa, je ne comprends rien à ce que tu dis. Recouche-toi... Laisse-moi te donner un peu d'eau...

— Va-t'en, j'ai dit ! Ne me touche pas et arrête de me regarder comme ça ! On dirait ta salope de mère !

Ses traits tordus par la haine disaient assez la violence qu'il brûlait d'abattre sur son fils. Mais il était ivre et Pierre était grand et fort. Son corps de quinze ans s'était solidement charpenté dans les bois, où il allait depuis longtemps travailler avec les bûcherons pour rapporter les quelques dollars qui les faisaient vivre, son père et lui. Ses muscles s'étaient forgés à manier la cognée et à tirer les grumes avec les attelages jusqu'à la rivière. Jamais Élias ne parlait de sa mère, tout ce que Pierre en savait, c'était par les gens du village et par Célestine. Les insultes qu'il ne pouvait plus ignorer le frappèrent de plein fouet, plus brutalement que des coups, et pour la première fois il n'eut plus envie de subir, ni d'excuser, comme si l'opprobre jeté sur sa mère le libérait de la culpabilité malsaine qu'il éprouvait envers son père et laissait enfin place à la révolte. Ses mains se crispèrent et le broc alla s'écraser sur le mur, à côté de la tête d'Élias qui demeura hébété tandis que l'eau ruisselait sur le matelas. Sans un mot, Pierre enfila son manteau, glissa son livre dans une poche et quitta la maison.

La nuit était glaciale, un vent polaire courait dans la rue principale qui, à cette heure, n'appartenait plus qu'à lui. Il s'en donnait à cœur joie, soufflant en rafales tournoyantes, entraînant la neige dans des tourbillons effrénés. Pierre rentra la tête dans les épaules et remonta son col pour se protéger le visage. Ses yeux se remplirent de larmes... le vent, bien sûr.

On n'entendait que ses sifflements et parfois, dans une grange, le bruit grave et doux d'un hennissement étouffé et celui d'un sabot raclant le sol. Il passa entre les maisons aveugles, seule la lumière fade de la lune gibbeuse guidait ses pas qui s'embarrassaient dans la couche de neige accumulée. Les gens avaient beau dégager devant leur porte, de nouvelles chutes recouvraient ce qu'ils avaient déblayé. Comme on ne savait pas quoi faire de ces tas qui ne fondaient pas et menaçaient d'envahir tout l'espace, on les repoussait devant les habitations abandonnées au point de les enfouir parfois jusqu'à la base du toit. Pierre aurait voulu courir, mais plus il s'éloignait du centre du village, plus il s'enfonçait. Englouti jusqu'aux genoux, les cuisses raidies par le froid et l'effort, il marchait comme à contre-courant dans un fleuve de boue blanche, fixant la lumière vacillante qui perçait maintenant les ténèbres devant lui. Il n'eut pas besoin de frapper, la porte s'ouvrit alors qu'il atteignait le seuil.

— Entre, fils, nous t'attendions.

Tim l'attira à l'intérieur, l'aida à retirer son manteau et l'enroula dans une couverture qui chauffait près du poêle. Célestine lui tendit un bol fumant.

— Tiens, assieds-toi et bois-moi ça, tu dois être gelé à l'intérieur aussi.

Le contact de la porcelaine brûlante sur ses doigts engourdis était douloureux mais réconfortant et il sentit peu à peu ses muscles noués se détendre. Tim avait regagné son fauteuil, repris son couteau et l'ébauche d'une nouvelle sculpture. Tandis que Pierre avalait par petites gorgées le café trop sucré, Célestine, debout, les mains croisées sur le ventre, le regardait d'un air préoccupé. La ceinture de sa lourde robe de chambre à carreaux lui serrait la taille sans la marquer et accentuait la largeur de ses hanches. Ses cheveux dénoués, quoique gris, avaient conservé leur épaisseur et un certain éclat, comme l'argent d'un bijou ancien. Pierre restait silencieux, elle finit par prendre une chaise et s'asseoir à table près de lui.

— Ça devait arriver. Je pensais même que vous alliez vous disputer plus tôt, ton père et toi. Quand Tim m'a réveillée tout à l'heure en me disant d'aller remettre le café au chaud, je n'ai pas été surprise.

Tête baissée, Pierre gardait les mains crispées sur le bol qu'il venait de reposer. Il parla sans relever les yeux.

— Il était comme possédé. Il a traité ma mère de putain.

Le glissement soyeux du couteau sur le bois tendre s'interrompit un instant, puis les minuscules copeaux recommencèrent à tomber sur les genoux de Tim. Célestine soupira.

— Puisqu'Élias a commencé à cracher son venin, j'imagine que tu as le droit de savoir. Alors si tu veux, je vais te raconter comment ça s'est vraiment passé. C'est bien ce que tu souhaites ?

Pierre se redressa et son regard trouva enfin celui de Célestine.

— Oui. Tu aurais dû tout me dire depuis longtemps.

Elle se leva, se servit une tasse du café qui continuait de cuire sur le coin du poêle et revint s'installer près de Pierre.

— Certainement pas. Nous en avons souvent discuté, Tim et moi, et nous avons toujours été d'accord : toute chose vient à son heure.

Comme si elle cherchait dans ses souvenirs ce qu'il fallait dire et ce qu'il fallait taire, elle prit le temps de boire avant de commencer :

— Quand je suis arrivée à Little Creek en 76, ton père vivait seul, comme la plupart des prospecteurs qui avaient fondé le village. À l'époque, on trouvait encore un peu d'or, mais pas de quoi se prendre pour le roi du Pérou. Mais ton père s'entêtait. Il avait bâti sa maison et la fierté surtout l'empêchait de s'avouer perdant. Crois-moi, quand la fierté d'un homme se met à parler, il n'entend plus qu'elle et devient sourd à tout le reste. C'est devenu une idée fixe qui lui rongeait le foie, aussi sûrement que le whiskey. À Helena, à force de traîner ses bottes de saloon en saloon, il avait entendu des ragots d'ivrognes qui parlaient de légendes indiennes et d'un gisement digne de l'Eldorado plus au nord.

Avec un sourire triste, Célestine repoussa sa chaise du bord de la table et se pencha en arrière :

— Si j'avais empoché un dollar à chaque fois que j'ai entendu un pauvre diable en guenilles raconter une histoire du même genre, j'aurais fait fortune plus vite que le plus chanceux des chercheurs d'or. Mais ton père y croyait dur comme fer, c'est pour ça, qu'il est venu ici, et il s'est usé l'âme jusqu'à la corde à courir après du vent. Il a dû passer au crible des tonnes de sable de la rivière. Il partait déjà dans la montagne pendant des jours pour sonder la roche. C'est là qu'il a commencé à déraper. Il n'avait jamais été bien bavard, mais c'est devenu un vrai sauvage. Même quand il revenait au saloon après une course d'une semaine, il se contentait de la compagnie de sa bouteille. On était quelques-uns à se demander s'il savait encore parler. Enfin, je veux dire, s'il était encore capable d'avoir une conversation normale avec les gens, comme parler du temps qu'il fait, de la fuite dans le toit de la grange du voisin, du prix du bois... Tout ce qu'on dit sans y penser vraiment, juste pour faire un peu de lien. Après l'hiver 78, les choses ont empiré, on a bien failli le perdre. Et là, s'il s'en est finalement sorti, c'est grâce à quelques gars du village qui l'ont repêché avant qu'il ne parte complètement à la dérive.

— Et toi ? tu ne pouvais rien faire ?

— Oh moi ! Ce n'est pas de discours, dont Élias avait besoin. À ce moment-là, il ne m'aurait même pas écoutée. Ils l'ont attrapé et ils l'ont emmené dans la forêt. Quand ils sont revenus, ton père marchait péniblement en serrant ses bras autour de ses côtes. Il avait un œil au beurre noir et les lèvres fendues. Voilà les arguments qui ont porté !

— Mais pourquoi ? s'étonna Pierre. Je ne comprends pas.

Célestine hésita.

— Moi non plus, petit, je ne comprends pas tout. Peut-être qu'il avait besoin de prendre une bonne dérouillée pour se remettre les idées en place. En tout cas, il n'avait pas l'air d'en vouloir à Jeremiah ni à Jack. Au contraire, ils ont débarqué au saloon et Élias leur a payé une tournée. C'était son premier acte civilisé depuis un bon bout de temps.

— Et ma mère dans tout ça ? Célestine, ne tourne pas autour du pot ! Parle-moi d'elle.

La voix de Tim sortit de l'ombre. La lampe à pétrole n'éclairait pas beaucoup plus loin que la table sur laquelle elle était posée et le vieil aveugle s'était fait oublier dans l'obscurité qui noyait les angles de la pièce comme une eau mauvaise.

— Ne sois pas impatient, mon garçon, si tu veux dénouer un écheveau emmêlé, il faut prendre le temps de trouver les deux bouts. Laisse Célestine suivre le fil de son histoire, elle sait où elle va.

— Allons, Tim, l'impatience, c'est de son âge. J'y arrive à ta mère. Quelques mois après, au début de l'été, Élias est venu me trouver. Ce coup-ci, c'est de moi dont il avait besoin. Il voulait continuer à se comporter comme un être humain, ni plus, ni moins.

— Pauvre fou ! ne put s'empêcher de lancer Tim depuis ses ténèbres.

Célestine se tourna dans sa direction :

— Tais-toi, Tim, c'est toi qui m'interromps maintenant !

Puis elle reprit en regardant Pierre avec tendresse. Il avait croisé ses bras sur la table et y reposait sa tête.

— Élias voulait se marier. Prendre une femme et avoir des enfants, ça c'est de l'humain pur jus ! Son plan était frappé au coin du bon sens, sauf que par ici, sur les routes, on trouve plus de cailloux que de femmes. Alors, comme il était pressé, il s'est dit que j'avais sûrement gardé des relations à Helena et que peut-être je pourrais lui présenter une fille pas trop abîmée qui voudrait décrocher et le suivre à Little Creek.

Pierre avait fermé les yeux pour empêcher les larmes de s'échapper de ses paupières. Célestine se pencha vers lui et continua en lui caressant les cheveux :

– Tu sais bien ce que je faisais avant d'arriver ici. Je ne m'en suis jamais cachée et les gens parlent suffisamment dans le village, même si depuis le temps, ils ont fini par faire le tour du sujet. Ça ne m'a pas empêchée de m'occuper de toi et de t'aimer, pas vrai ?

Elle marqua une pause mais n'attendit pas la réponse pour enchaîner :

– Et puis, ça n'empêche pas non plus que tu m'aimes bien aussi. Alors, ta mère et toi, si vous vous étiez connus, vous vous seriez aimés pareil. Bref, un matin, on est parti pour Helena, Élias et moi. On avait emprunté le chariot de Sam et en échange, on était chargé de lui rapporter sa commande pour l'épicerie. Ton père en profitait aussi pour descendre un stock de peaux de castor et de daim qu'il voulait revendre en ville. Autant dire, que quand on est arrivé, on sentait un peu la charogne ! Je l'ai laissé gérer ses affaires, et je me suis occupée des miennes. J'avais une idée en tête : ça ne faisait pas si longtemps que ça que j'avais quitté le milieu et je pensais à une petite qui aurait bien pu faire l'affaire.

Pierre réagit :

– C'était ma mère ?

– Oui, c'était elle... Mia. Quand je l'ai retrouvée, elle avait à peine dix-sept ans, pas beaucoup plus vieille que toi aujourd'hui !

– Attends, Célestine, rougit Pierre, mais qu'est-ce qu'elle faisait dans un bordel à cet âge-là ?
– Elle y était née. Les filles ont beau faire attention, il arrive quand même qu'elles tombent enceintes et les tisanes de minuit ne font pas toujours passer les anges. Seulement, un gros ventre, ce n'est pas très vendeur, alors la fille est mise à l'amende et comme elle n'a pas le sou, elle s'endette encore un peu plus auprès de la maquerelle, pour rembourser le manque à gagner et tout ce que coûte le bébé. C'est comme ça qu'on se retrouve piégée, même quand on veut partir. C'est rare qu'on arrive à économiser assez pour se racheter...
– Je croyais qu'avec tous les hommes... enfin que c'était bien payé... coupa Pierre.

Tim étouffa un rire dans son coin et Célestine elle-même gloussa :

– Tu es bien naïf, mon petit, mais c'est normal. Comment pourrais-tu imaginer ? Une fois que la tenancière a pris sa part pour le gîte et le couvert, avec le peu qui reste, il faut payer les toilettes, les fards, les parfums, la blanchisseuse... alors tu sais, les comptes sont vite faits... Mais pour en revenir à ta mère, Mia, je l'ai vue grandir. C'était un peu notre fille à toutes. Quand j'ai quitté la maison, elle était encore trop jeune pour travailler, mais quand je suis revenue la chercher, elle prenait des clients depuis presque trois ans et ne pensait qu'à s'enfuir.
– Vraiment ? Alors, mon père et toi, vous l'avez aidée ?

La voix tremblait un peu et Célestine fut touchée par l'espoir triste et fragile auquel Pierre tentait de se raccrocher. Elle aurait voulu pouvoir enjoliver la réalité, nuancer le sordide de couleurs romanesques, parer l'intérêt trivial d'ornements sentimentaux, mais le respect l'en empêchait. Elle poursuivit donc, le cœur en deuil.

– Dans un sens, oui, on l'a aidée, mais elle n'avait pas vraiment le choix. Je lui ai mis le marché en mains : la prison du mariage avec un inconnu ou celle de la maison close. Elle n'a pas hésité une seconde, elle savait bien que les barreaux de la première sont plus faciles à briser que ceux de la seconde. Le soir même, elle nous a retrouvés à cinq rues de là. On l'a cachée dans le chariot entre les tonneaux de bière, les sacs de farine et de haricots et on est rentré à Little Creek.

– C'est tout ? Ça s'est juste passé comme ça ? demanda Pierre.

– Et oui, c'est tout. Le lendemain de notre retour, Élias l'a emmenée chez le pasteur et le soir, ils étaient mariés.

– Mais, ils ne s'aimaient pas.

– Comme dans la plupart des mariages, qu'est-ce que tu imagines ? Regarde autour de toi… tu penses qu'il y a beaucoup d'amour entre Clara et Charlie ? À ton avis, Clara, elle ne rêvait pas mieux que de récupérer tous les soirs son ivrogne de mari le nez dans la sciure du saloon ? Au moins, Élias et Mia, ils y trouvaient tous les deux leur compte. Ils savaient à quoi s'en tenir quand ils ont passé le contrat, personne n'était la dupe de l'autre.

Célestine se tut et laissa le silence faire son œuvre. De nouveau on n'entendit plus que le vent. Un moment oublié, il prenait sa revanche en bourrasques rageuses et redoublait ses assauts contre le bois de la porte. La neige collante avait occulté la fenêtre d'un voile bleuté. Tim se leva et remit une bûche dans le poêle. Pierre finit par poser une dernière question.

— Tu crois qu'elle a été heureuse, ma mère ?
— Elle n'a pas eu le temps d'être malheureuse en tous cas. Ce qui est sûr, c'est qu'Élias a toujours été correct avec elle. Je ne me mêlais pas de leur vie, mais Mia venait me voir quand elle avait un moment. Elle ne s'est jamais plainte et n'a jamais donné l'impression de regretter son choix. Et puis, tu t'es vite annoncé et tu es né un an plus tard. Voilà toute l'histoire.
— C'est surtout la fin de son histoire à elle, puisqu'elle est morte. Puisque je l'ai tuée en naissant.

La voix était ferme, les faits énoncés sur un ton tranchant, presque celui du défi. C'est Tim qui se chargea de remettre les pendules à l'heure :

— Et alors, garçon ? Qu'est-ce que tu cherches à ruminer ça ? Qui est-ce que tu veux qu'on plaigne ? Elle ou toi ?

Pierre demeura interdit, sonné par le coup qu'il n'avait pas vu venir.

— Tim, pourquoi tu dis ça ? C'est tellement injuste qu'elle soit morte pour que je vive.
— Jeune prétentieux ! reprit Tim avec une douceur et un sourire qui atténuaient l'apostrophe. Elle n'est pas morte pour que tu vives, elle est morte parce qu'elle devait mourir, comme beaucoup d'autres femmes meurent en couches. Et toi, tu es en vie par hasard.
— Mais...
— Il n'y a pas de mais ! Tu souffres de ne pas avoir connu ta mère, c'est normal. Ce vide-là, dans ta mémoire et dans ton cœur, tu le sentiras toujours. Mais cesse de t'apitoyer sur ton sort. Les temps qui viennent ne sont plus ceux des faux reproches, mais ceux des vrais coupables.

Célestine coupa court. D'un bras tendre, elle entoura Pierre médusé et l'attira près d'une paillasse dressée dans un coin de la pièce.

— Ce qui est sûr, c'est que quand Mia est morte, Élias s'est de nouveau retrouvé seul face à ses démons... Viens par ici, ajouta-t-elle, il est surtout temps de dormir, et pour tout le monde. Tu vas t'installer là pour cette nuit et demain, on avisera.

Elle lui claqua un baiser sur la joue et regagna la chambre en entraînant Tim. Dehors, le vent s'était calmé. La neige continuait à tomber à gros flocons, paisible et obstinée.

Les nuits deviennent froides avec l'arrivée de *Pe-khum-mai-kahl*, même si le soleil réchauffe encore les journées qui s'amenuisent. La nature se gave des dernières tiédeurs avant de plonger dans les longs mois d'hiver. Le vert sombre des chênes tournera bientôt au brun, mais pour l'instant, il brille toujours en accrochant la lumière douce de cette fin d'été. C'est le moment pour certains d'amasser les glands dans des courses frénétiques le long des troncs rugueux. Pour les saumons, c'est celui de former les couples et de creuser dans le lit de la rivière le nid où déposer les œufs.

Pour Tíikpuu, c'est celui des dernières promenades en forêt avec le Fils de l'Ours. La prochaine Lune, avec les premiers flocons, apportera les prémices des rigueurs hivernales et ils ne sortiront plus de la hutte que de loin en loin pour relever les pièges. Le vieil homme s'est affaibli, il ne pourra plus arpenter les vastes étendues de neige sur la piste des daims. Sans doute ne verra-t-il pas la naissance des faons. Il ne quitte plus son collier de griffes, comme si elles seules retenaient encore son esprit dans sa chair. Même s'il le cache sous des fourrures, Tíikpuu devine que son corps a fondu comme l'huile s'épuise dans la lampe avant que la flamme ne s'éteigne. Ses os peinent à soutenir le poids de sa peau, leur moelle s'est desséchée, ils sont fragiles et creux comme la tige morte du fenouil sauvage. La jeune femme marche à ses côtés, maintenant aussi grande que lui dont la taille se voûte et se tasse. Pour qu'ils ne s'emmêlent pas aux broussailles du sous-bois, elle a natté ses cheveux blonds en deux tresses nouées de perles et de pompons en poil de lapin. Sa marche légère ne froisse pas le tapis de feuilles. Même un pisteur aguerri ne pourrait suivre sa trace. Attentive, elle ralentit le pas en entendant le souffle court du Fils de l'Ours. Elle veut profiter du temps qu'il leur reste à partager et adoucir la rudesse du sentier qui conduit le vieil homme vers sa fin. Comme souvent les vieillards, il ne s'alimente presque plus, alors elle cherche à réveiller son appétit par les souvenirs des anciennes chasses. Hier, elle a piégé une loutre qu'il a bien voulu goûter. Elle a commencé à tanner la peau en la grattant pour la dégraisser et en la lavant avec de la cendre. Puis elle l'a frottée à l'aide d'une pierre lisse pour y faire pénétrer la pâte préparée avec la cervelle de l'animal. Elle a laissé la peau roulée reposer près de la rivière sous un cairn de pierres, il faut maintenant achever sa préparation. Un parfum frais d'herbes aux relents douçâtres de vase, puis ce qui n'est encore que le murmure de l'eau qui rebondit sur les galets : la rivière est là. Ils s'en approchent silencieusement sans éveiller la méfiance d'un daim qui a plongé son museau dans le courant. Déjà Tíikpuu a engagé la flèche et bandé l'arc d'un geste rapide et précis. La main du Fils de l'Ours vient se poser sur son bras.

– Laisse-le aller, nos réserves de poisson et de pemmican sont abondantes. On ne prend pas...

– ... une vie en vain, termine-t-elle, il faut une bonne raison, pour ça. Je sais, tu me l'as déjà dit.

La corde se détend et la flèche retrouve le carquois. Le daim relève la tête, les regarde en agitant les oreilles, puis détale, surpris de s'en tirer à si bon compte.

— Pendant que j'assouplis la peau, j'aimerais que tu me racontes encore la Longue Poursuite, comme quand j'étais enfant.

Le Fils de l'Ours s'est assis sur la berge. Il n'est pas dupe des efforts qu'elle déploie pour le retenir et sourit à sa demande.

— Tu connais cette histoire par cœur, Tíikpuu.
— Peu importe, j'aime t'entendre la dire.

Elle a dépilé les pierres et au bord de l'eau, sur le sable de la rive, elle a déposé un lit de mousse où elle a déroulé la fourrure. L'odeur est suffocante. Elle s'agenouille et, de son racloir en os d'élan, elle se met à gratter la peau pour en enlever les restes de cervelle et la sécher.

— Commence à l'arrivée des colons blancs, demande-t-elle sans relever la tête de sa tâche.

Les yeux du Fils de l'Ours se détournent de Tíikpuu et vont jouer sur la rivière, à suivre les reflets du soleil chahutés par le courant.

— Tu me demandes de revivre une triste histoire, jeune squaw. Même si la fierté étrangle les mots dans ma gorge, tu sais que depuis que les hommes blancs sont arrivés, notre peuple n'a fait que reculer devant eux. Petit à petit, nous leur avons cédé la terre où reposent les dépouilles de nos pères et des pères de nos pères.

— Les Nimíipuu sont des guerriers, tu m'as raconté bien souvent comment avec tes frères tu as combattu les Blackfeet qui venaient voler vos chevaux. Les hommes blancs étaient donc si puissants que vous ne les avez pas vaincus ?

— Ils étaient surtout très nombreux… Un jour, les premiers convois de colons sont arrivés, d'autres les ont suivis, puis d'autres encore. Nous n'imaginions pas qu'ils puissent être autant. Ils étaient comme le fleuve qui coule : personne ne semblait capable d'endiguer le flux de ces hommes à la peau pâle qui déferlait sur nos territoires. Nous aurions pu partager la terre, mais ils bâtissaient des fermes là où nous récoltions les racines de *cous*. Ils dressaient des barrières et construisaient des enclos pour leur bétail là où nous chassions le daim en liberté. Et avec eux ils avaient apporté de terribles maladies contre lesquelles notre médecine était impuissante. Pourtant, nous les avons laissé faire. Tu dis que les Nimíipuu sont des guerriers : notre cœur, c'est vrai ne craint pas la guerre, mais avant tout il aime la paix, et nous avons essayé de vivre dans la concorde. Nous avons appris leur langue et certains de nous ont même prié le dieu des missionnaires blancs.

— Celui de ma mère.

La jeune femme se redresse, elle rince son racloir et le pose un moment. Elle repense à la Bible reliée de cuir rouge. Perdu dans le passé, le Fils de l'Ours ignore l'interruption.

— Puis les chefs des blancs ont rassemblé les tribus dans la vallée de la Walla Walla. Les Cayuses sont venus et aussi les Umatillas, les Wallawalla derrière le grand chef Peupeumoxmox, les Palouses et les Yakamas avec Kamiakin. Mais, nous, les Nez-Percés, nous étions à nous seuls aussi nombreux que tous les autres réunis. Nous étions venus en vêtements de grande cérémonie, nous avions peint nos chevaux de rouge et de blanc, nous les avions ornés de perles et de plumes.

— Tu y étais, toi ?

Tíikpuu s'écarte de la rive et reprend son travail. La peau étirée commence à sécher et prend une couleur de lait. Elle continue à l'assouplir, poussant le grattoir du centre vers l'extérieur.

— À la fin, oui, j'étais là et je porte aujourd'hui encore ma part du fardeau. Le général Palmer a expliqué que de nouveaux colons allaient arriver, toujours plus nombreux et, comme les sauterelles qui s'abattent en nuées sur la plaine, toujours plus affamés. Ils disaient que la terre n'avait pas été créée pour les seuls Indiens, pas plus que l'air que nous respirons ou que l'eau que nous buvons, pas plus que les poissons qui remontent les rivières ou les animaux qui rôdent dans les forêts. D'après lui, même leur Président ne pouvait arrêter les colons. Il nous a aussi dit que parmi ces hommes, il en était de mauvais qui voleraient nos chevaux et que le seul moyen de nous protéger était d'abandonner une partie de nos territoires pour nous installer dans des réserves, où nous serions définitivement chez nous et en sécurité.

— Et vous les avez crus ?

— Le gouverneur Stevens nous appelait ses enfants et le général Palmer, ses frères... Ils répétaient que nous étions aussi les enfants de leur Président, ses enfants rouges, aussi chers à ses yeux que ses enfants blancs. Leur bouche était pleine des mots paix et amis mais leur cœur débordait de duplicité et nous n'avons pas voulu le voir. Notre peuple vivait avec le souvenir de Lewis et Clark et la fierté aussi d'avoir été le premier à les accueillir, lorsqu'ils avaient remonté la rivière Columbia. Chef Lawyer, Hal-hal-ho-tsot, a rappelé qu'en entrant dans le pays des Nez-Percés, ils n'avaient pas rencontré d'ennemis mais trouvé des amis. Nous avions toujours été loyaux envers eux, nous leur avions fourni les chevaux et les canoés dont ils avaient besoin… et même les chiens dont ils se nourrissaient, eux dont les faibles entrailles ne supportaient ni la chair du saumon, ni la farine de *qém'es*.

– Le racloir se fige et Tíikpuu, incrédule, se tourne vers le Fils de l'Ours :

– Vous leur avez donné vos chiens pour qu'ils les mangent ? Tu m'as déjà parlé d'eux, mais tu ne m'avais jamais raconté ça !

Le vieil homme s'arrache à la contemplation de la rivière, attrape le regard de Tíikpuu et lui sourit :

– C'est une histoire que je tiens de ma mère, je n'étais pas encore né alors ? Mais oui, les nôtres leur ont échangé des chiens contre des peaux, du tabac ou des boutons de cuivre comme ceux que tu as vus sur ma tunique banche.

Un bref éclat de rire lui répond puis le bruit feutré et régulier du grattoir reprend.

– À Walla-Walla, les chefs des autres tribus partageaient l'avis de Chef Lawyer ?

Pendant qu'elle parle, le Fils de l'Ours s'est levé pour ramasser une longue perche de bois, mince et droite. Il s'assied de nouveau sur un rocher et, de son coutelas, commence à en tailler une extrémité en pointe. Ses gestes sont lents et mesurés.

– Certains étaient méfiants comme Peupeumoxmox qui avait le cœur brisé à l'idée de vendre sa terre, ou comme Steachus, le chef Cayuse. Et puis, deux jours avant la fin du conseil, l'arrivée d'Allalimya Takanin, Looking Glass, a bien failli tout faire basculer. J'étais avec lui. Nous étions partis en expédition contre une bande de Blackfeet qui nous avait volé des chevaux. Tout de suite, il a reproché à Lawyer d'avoir vendu notre terre et il a demandé que les discussions soient suspendues jusqu'à ce qu'il ait eu le temps de prendre connaissance du traité et de parler à ses frères.

— Et malgré ça, tous ont signé !

— Au bout du compte, oui. Lawyer était puissant, il aimait le pouvoir et je crois aussi qu'il pensait sincèrement agir pour le bien de son peuple. Il a fait courir le bruit que les Cayuses voulaient se révolter et tuer le gouverneur Stevens. Pour montrer son soutien et le protéger, il est allé monter sa tente près du campement du chef blanc. Les esprits étaient pleins de confusion, comme les propos qui couraient entre les tentes. La guerre risquait d'éclater au sein même des tribus. Nous étions autour de cinq mille, avec femmes et enfants, entourés de soldats blancs innombrables aux armes puissantes. Le massacre aurait été terrible.

— Alors tout le monde a signé pour empêcher le sang de couler. Je peux comprendre ça...

— C'est aussi ce que j'ai pensé à l'époque, et pour les Nimíipuu le marché pouvait sembler acceptable. Nous cédions une partie de notre territoire, mais nous conservions la vallée de la Wallowa, la terre où nos ancêtres avaient vécu.

Tíikpuu passe le dos de sa main sur la peau de la loutre : elle est sèche, souple et douce comme du velours. Elle la retourne et caresse la fourrure soyeuse. Au souvenir des espoirs brisés, le Fils de l'Ours avait interrompu son récit. Avec amertume, il en renoue le fil :

— Cinq printemps seulement après la signature du traité de Walla Walla, des prospecteurs ont trouvé de l'or sur nos terres.

On l'a dit bien souvent, mais j'ai pu le voir de mes yeux : l'or transforme l'homme blanc en fauve. Ce sont des hordes de bêtes sauvages qui se sont ruées dans notre vallée. Ils ont retourné les rives de la Wallowa et de la Snake River, chassé les loutres, troublé les eaux où remontent les saumons et détruit nos pêcheries. Ce n'étaient pas des colons qui arrivaient avec femme et enfants pour s'installer et cultiver la terre, c'étaient des aventuriers prêts à tuer pour quelques pépites.

— Maman aussi disait que l'or rend fou.

Tíikpuu s'est assise près du Fils de l'Ours. En pensant à sa mère, sans s'en apercevoir, elle se balance et frotte la fourrure contre sa joue.

— Les Blancs ont alors voulu nous imposer un nouveau traité. Cette fois, nous devions quitter la vallée de la Wallowa et nous installer dans une réserve minuscule à Lapwaï. Certains parmi nous, qui étaient devenus chrétiens, acceptèrent et obéirent. D'autres refusèrent de se plier à ce qu'ils appelaient « le traité du vol » et ils demeurèrent dans la vallée.

— Tu étais de ceux-là.

— Oui, aux côtés du Vieux Chef Joseph. C'était un homme honnête et courageux. Il a toujours suivi ce qu'il pensait être juste et il était assez sage pour ne pas craindre de changer son point de vue si son cœur le lui dictait. Il avait déchiré la bible que les missionnaires lui avaient offerte. Il arrivait au bout de sa vie et voulait reposer auprès de ses ancêtres.

Le Fils de l'Ours se tait, le temps de ranger son couteau dans l'étui qui pend à sa ceinture. Du pouce, il éprouve l'acuité de la lance qu'il vient de terminer puis reprend :

– Juste avant de mourir, il a fait jurer à ses deux fils Joseph et Ollokot de ne jamais abandonner la terre de nos pères et des pères de nos pères. Nous l'avons enterré près du lac, au pied des montagnes de la Wallowa.
– Et vous êtes restés là jusqu'au printemps 1877...
– ... quand pour la dernière fois de notre histoire nous avons marché sur le sentier de la guerre. Mais tu connais tout cela et je suis fatigué de trop de paroles et de souvenirs.
– Rentrons alors, je fumerai la peau à la hutte.

Le Fils de l'Ours prend la fourrure, la caresse et en vérifie la souplesse. Il hoche la tête avec satisfaction.

– Il reste une chose à faire cependant.

De la lance qu'il a taillée, il désigne un tronc d'arbre, quelques pas plus loin, à demi échoué sur la berge, à demi immergé dans la rivière.

– Tu vois les remous derrière le sapin déraciné, juste à côté du rocher arrondi ?
– Oui, tu crois que...

Il hoche simplement la tête et lui tend la lance. Tíikpuu la saisit. Elle court jusqu'à l'arbre puis avance avec assurance sur le tronc qui oscille dans le courant. Elle est presque au milieu de la rivière quand elle s'immobilise, se penche, scrute le bouillonnement d'écume et propulse avec force son bras armé du harpon. Elle se redresse aussitôt avec un cri de joie, brandissant un saumon qu'elle décroche aussitôt et attrape par les ouïes. Elle rejoint la rive en courant, ramasse un galet et assomme le poisson qui cesse aussitôt de se tordre sur les graviers.

– Je le cuirai ce soir en fumant la peau.

– C'est inutile. Laisse-le là où il est.

Tíikpuu ne discute pas. Du regard, elle interroge cependant le vieil homme.

– L'odeur de la peau de loutre et notre présence ont réveillé un dormeur. Ce saumon est une offrande pour le dérangement que nous lui avons causé. Allons-nous-en, il n'attend que ça pour venir.

Tous deux tournent le dos à la rivière et, sans un regard en arrière, pénètrent dans la forêt. Au même moment, à un jet de pierre, les feuilles bougent à la lisière, les branches craquent et s'écartent. D'un pas paisible, un grand grizzli s'approche. Sa truffe frémit lorsqu'il dresse la tête et flaire ce que le vent lui apporte. Il pousse un grognement grave et gagne la rivière. Il pose sa patte droite sur le saumon et le dévore à petites bouchées qu'il déchire d'une gueule délicate, jusqu'à la dernière, la queue qui croustille sous ses dents.

Comme deux oiseaux nocturnes, les longues mains osseuses de Tim se posèrent doucement sur les épaules de Célestine. Sans bruit, il avait traversé l'obscurité de la pièce pour la rejoindre devant la fenêtre. La lune pleine rutilait, d'une candeur éblouissante dans la noirceur de la nuit. Sous la lumière glaciale, les cristaux de neige gelée phosphoraient dans un palpitement d'étoiles déchues. L'étendue blanche s'arrêtait net, à trois cents pas de la maison, brisée par le surgissement sombre de la forêt. Célestine laissa peser son dos contre la poitrine de son vieux compagnon.

– Que cherches-tu de plus que moi dans les ténèbres ? demanda-t-il tendrement.

– Avec cette lune, il fait presque jour, mais je ne vois rien. Et toi ?

– Il n'y a rien à voir ce soir.

– Pourtant, les ombres…

Un frisson la traversa.

– Tu as peur ? s'inquiéta Tim.

– Je devrais ?

– Non. Pas toi… mais certains le devraient.

Le Fils de l'Ours a rassemblé ses forces déclinantes pour une dernière ascension. Depuis quelques semaines, le ciel pâlit. Dans la forêt, la vie ralentit. Certains ont déjà gagné l'abri des terriers, d'autres s'affolent pour ramasser encore les quelques graines qu'ils auront oubliées au milieu de l'hiver. Le soleil affaibli ne parvient plus à éclairer les brumes qui s'amoncellent, chargées des premières neiges encore en suspens. Même si leur venue est proche, le vieil homme ne les verra pas. Tíikpuu a soutenu la lenteur paisible de sa marche jusqu'au tertre où Leonora repose depuis cinq ans. Tout près de là, à l'aide de jeunes troncs qu'elle a coupés et des peaux roulées qu'elle a apportées sur son dos, elle a dressé une tente. D'un lit de mousse et de feuilles sèches, elle a adouci la rudesse du sol et préparé une couche confortable. Le jour s'est éteint lorsqu'ils ont fini de s'installer et déjà la nature autour d'eux bruit sourdement de la vie nocturne qui s'éveille.

Tíikpuu reste près du feu, veillant à l'alimenter. Elle a préparé le breuvage qui soulage les affres du départ et le Fils de l'Ours accueille avec reconnaissance le bol qu'elle lui offre. Il est grave car le voyage qu'il va entreprendre sera long, mais son âme est en paix. Des esprits compagnons marcheront près de lui afin qu'il ne se fourvoie pas et atteigne sans encombre le dernier séjour. Déjà, la nuit frissonne, pressentant leur approche. Le Fils de l'Ours sourit à Tíikpuu :

– Le moment est venu…

– Non, pas encore, l'interrompt-elle la gorge serrée, tu n'as pas fini l'histoire de la Longue Poursuite.

Cette fois, il ne cherche pas à éluder ce qui les réconfortera tous les deux. Il ferme les yeux, pose les mains sur ses cuisses, se recueille un moment puis sa voix fatiguée envahit l'espace de la tente. C'est une mélopée qui tisse les fils de ses souvenirs :

Écoute Tíikpuu, écoute et souviens-toi de l'histoire de Nimíipuu, nos frères…

Vois avec moi le lac Tepahlewam aux eaux pâles, entends le vent qui chante dans les joncs de ses rives et les ploie souplement. En cette année 1877, comme tous les ans, au moment où les saumons commencent à remonter, Chief Joseph s'y était installé avec les siens. J'avais fait ce voyage bien des fois, avec le père de Joseph avant lui. J'étais déjà un vieil homme mais mes forces ne me trahissaient pas encore. Je me souviens fort bien de la douceur de ce printemps. Je revois les riches pâturages alentour où les enfants jouaient dans l'insouciance et où les femmes déterraient les bulbes de qém'es. Pourtant nous n'avions pas le cœur à faire courir nos fiers chevaux autour des tipis car les Blancs avaient rompu la parole donnée à Walla Walla. Cette fois, il fallait quitter nos terres et nous enfermer à Lapwaï. Nous étions trop faibles pour résister à la force des soldats. L'âme de Chief Joseph était en deuil. Il avait promis à son père de ne jamais abandonner la terre des ancêtres et il se préparait pourtant à obéir aux Blancs pour épargner la guerre à son peuple.

Mais la colère grondait chez les jeunes guerriers car l'injustice est plus lourde à porter pour les âmes vertes et fougueuses. De jeunes hommes du clan de Peo-peo-hix-hiix voulurent venger d'anciennes morts. Ils tuèrent des colons blancs puis implorèrent la protection de Chief Joseph. Il ne se résolut pas à les livrer et nous prîmes tous la fuite.

Le Fils de l'Ours s'est tu. Soudainement les flammes ont dansé plus haut, attisées par un souffle furtif. Il n'a pas besoin d'ouvrir les yeux pour savoir qu'un esprit les a rejoints à l'appel de son nom. Tíikpuu le reconnaît. Elle a souvent entendu parler de sa coiffe de plumes d'aigles qui descend jusqu'à ses pieds. Une plume blanche à la noire extrémité pour chaque exploit que ce grand chef a accompli. Tíikpuu ne tremble pas, les esprits lui sont familiers. Après qu'elle a rencontré son *Wéy-a-kin*, le Fils de l'Ours a terminé son initiation. Les pouvoirs qu'elle a acquis l'autorisent ce soir à assister à la rencontre avec les morts. Elle se contente de garder un silence respectueux pendant que White Bird prend place près du foyer, échange les salutations rituelles avec le Fils de l'Ours puis parle ainsi :

– Le chemin de ta vie s'achève, Fils de l'Ours. Je suis venu t'accompagner jusqu'au dernier bivouac. En attendant, ménage le souffle qui te reste et laisse-moi dire suite de notre histoire :

Je chante « la Longue Poursuite ». Nous étions plus de huit cents Nimíipuu à prendre la piste du Canada pour y recommencer une vie libre. Des guerriers, mais surtout des femmes, des enfants et des vieillards. Nos chiens par centaines et près de trois mille appaloosas, chargés de nos paniers tressés et des peaux de nos tentes. Mais cette fois nous ne suivions pas le gibier ou les troupeaux dans leur transhumance, cette fois, la cavalerie des Blancs était à nos trousses.

Elle nous a rattrapés à White Bird Canyon. Nous avions dressé notre campement à l'abri de deux petites collines, dans la vaste plaine à l'herbe rase, bordée de crêtes rocheuses. Dans son arrogance et son mépris, le capitaine Perry ne voyait en nous que des fuyards terrifiés. Il était trop confiant dans la puissance de ses fusils. Beaucoup parmi ses soldats n'avaient encore jamais connu la tourmente des combats et ses chevaux mal dressés s'affolaient au bruit des coups de feu. Nos appaloosas, eux, ne craignaient pas la poudre et nos guerriers étaient des hommes aguerris. De poursuivants, les soldats blancs devinrent nos proies. Plus de trente perdirent la vie et pas un seul Nimíipuu ne tomba en ce jour victorieux. Nous avons repris notre route vers le nord et franchi la Salmon River.

Les accents d'une voix nouvelle vibrent dans le tipi où apparaît une nouvelle silhouette, celle d'Allalimya Takanin. Il porte un chapeau sur lequel s'enroule la fourrure d'un petit animal étonné et autour de son cou, attaché à un cordon de cuir, le miroir qui lui a valu son nom de Looking Glass. Voici qu'il parle ainsi :

C'est à moi que revient de dire la suite de l'histoire puisqu'en se lançant à la poursuite de Chief Joseph, le général Howard a attaqué mon village. J'avais toujours tenu les miens à l'écart des hostilités avec les Blancs, mais cette attaque perfide m'a poussé sur le sentier de la guerre. Avec les miens, nous avons rejoint les rangs de Chief Joseph. Les hommes d'Howard nous ont attaqués à Clear Water Creek, mais nous les avons mis en déroute et nous sommes repartis vers le Nord. Au lieu de nous prendre en chasse, Howard préféra installer ses hommes affamés et épuisés dans notre campement abandonné à la hâte. Ils s'abritèrent dans nos tentes et profitèrent de la nourriture en train de cuire sur nos feux encore allumés. Ce jour-là, Howard gagna le nom de « Général Après-demain » et nous, nous avons profité de notre avance pour traverser sans précipitation la Clearwater River au gué de Kamiah, près du cœur du monstre tué par Coyote.

À cette évocation, T'iikpuu sourit. Elle imagine Coyote, perché sur un rocher, veillant sur les vieillards fatigués qui franchissent le gué. Malgré les menaces, elle imagine aussi les rires des enfants sous le soleil de juillet, dans les éclaboussures des sabots des appaloosas, et les cris des mères inquiètes qui les pressent. Après une pause, l'esprit de Looking Glass reprend son récit :

Les cœurs étaient divisés. Chief Joseph aurait préféré mettre fin à cette poursuite pour combattre et mourir sur la terre de ses ancêtres. Moi, je trouvais plus sage de chercher refuge chez ceux que nous appelions encore nos frères, les Crows, depuis toujours nos alliés contre les Sioux. C'est mon avis qui l'emporta et comme j'avais souvent franchi les Bitterroot Mountains pour aller chasser le bison dans les plaines de l'Est, je pris la tête de la marche sur le Lolo trail. Le Lolo trail... une piste de cent miles depuis la Weippe Prairie à travers les Bitterroot Mountains, une piste enchaînant pics et creux et cumulant les dénivelés. Une piste, au bord de canyons vertigineux, alternant passages rocheux et traîtres à briser les pattes des chevaux et passages boueux et glissants, traversée d'imprévisibles cascades se réveillant à la fonte des glaciers, encombrée d'arbres déracinés. Une piste qui parfois se perd en d'inextricables sous-bois de broussailles, d'épicéas et de pins blancs.

La voix, elle aussi se perd en un murmure et l'ombre vacille à la lueur des flammes. Le Fils de l'Ours entrouvre les yeux, regarde Tíikpuu et prend la parole :

Imagine, jeune squaw, la file interminable de notre peuple gravissant ces pentes redoutables. Nos appaloosas avaient le pied sûr, et même si les ravins en engloutirent parfois, nous n'en perdîmes que peu. Au bout de sept jours de courage et de peines, nous avions atteint le sommet de la piste. Le Général Après-demain ne s'y était pas encore risqué : il avait attendu des renforts. Nous avions déjà franchi les Bitterroot et entamé notre descente vers le Sud quand il s'y lança, sous la pluie, avec plus de sept cents hommes et trois cent cinquante mules chargées de vivres. Lorsqu'à son tour, il vint à bout de cette épreuve, ses soldats étaient épuisés. Nous, nous avions vendu des chevaux à Stevensille, nous y avions refait nos provisions de farine, de sucre, de café et de tabac et nous comptions près de cent soixante miles d'avance. Alors que nous suivions le cours de la Bitterroot River vers le pays des Crows, nous sentions l'espoir renaître. Il semblait enfin possible d'échapper à Howard et à la guerre.

Un soir pourtant, nous avons planté notre bivouac en un lieu sacré, près d'un Arbre-Médecine, un immense pin jaune. Sans doute les Blancs l'ont-ils abattu depuis, mais ses racines alors étreignaient le cœur même de la Terre et à son sommet, une énorme corne de chèvre des montagnes touchait le Ciel. Parfois des lambeaux de nuages y restaient accrochés comme de fiers panaches. Ses pouvoirs étaient puissants. Pendant la nuit, ils s'emparèrent de l'esprit de Wahlitits et de Peopeo Ipsewaht. En rêve, ils se virent morts au milieu de cadavres de soldats. Au matin, au moment du départ, l'inquiétude marchait de nouveau à nos côtés. Mais que pouvions nous faire ? Il fallait bien aller de l'avant, même si les dieux paraissaient contraires.

À la fin de la première semaine d'août, nous avons fait halte en un lieu qui semblait propice au repos : de l'herbe grasse pour le pâturage, un vaste espace pour les tentes et les courses de chevaux, un cours d'eau pour les bains et, à l'ouest, des collines boisées où l'on pourrait couper des pins et refaire les poteaux des tentes abandonnées à Clearwater. Iskumtselalik Pah, c'est le nom que nous donnions à ce lieu pour les nombreux écureuils terrestres qui y nichent, mais les Blancs en parlent encore sous celui de Big Hole.

Tíikpuu connaît trop bien la suite de l'histoire. Les Nimíipuu se savaient à l'abri de Howard, mais ils ignoraient que le colonel Gibbon avait été appelé en renfort par télégraphe et qu'il les attendait depuis plusieurs jours au-delà des Bitterroots Mountains. Le 9 août, avant l'aube, il surprit le campement dans son sommeil avec deux cents hommes, soldats et volontaires du Montana. La violence de l'attaque fut inouïe. Young White Bird raconta plus tard que les balles tombaient comme des grêlons. C'est au sud du camp, dans les premiers moments de l'assaut, qu'eurent lieu la plupart des massacres. Les femmes et les enfants endormis payèrent le plus lourd tribut quand les soldats se déchaînèrent. La prairie puait la poudre, le sang des hommes et des chevaux éventrés, la fumée et les chairs brûlées, la mort. Des hurlements de terreur, des cris d'horrible joie, de douleur, de guerre déchiraient l'obscurité. Dans la panique de la surprise, les Nez-Percés, tout d'abord, ne résistèrent pas et cherchèrent à mettre leur famille en sécurité au nord du campement, puis dans les collines. Les hommes de Gibbon, eux, s'acharnaient à vouloir incendier les tentes. Certaines s'enflammaient et des enfants cachés sous des couvertures y périrent, mais les peaux humides de rosée et les piquets de bois vert refusaient parfois de prendre feu et ralentissaient les soldats.

Tíikpuu sort alors du silence et à son tour s'empare de l'histoire. Elle s'adresse à l'ombre de White Bird :

C'est toi Grand Chef qui donna le signal de la contre-attaque. Le Fils de l'Ours m'a souvent conté ta bravoure. À la tête de nos frères, tu lanças l'assaut. Pris au piège dans notre campement dévasté, les Blancs étaient vulnérables. Gibbon, blessé à la jambe ordonna à ses troupes de se replier à couvert sur une hauteur. Affamés et assoiffés, ses soldats se crurent perdus quand vous avez incendié la forêt où ils étaient retranchés. Les pins gorgés de sève flambaient mieux que les tipis, mais pour leur salut, le vent finit par tourner. Pendant ce temps, vous enterriez vos morts. Quatre-vingts Nimíipuu avaient perdu la vie, de grands guerriers comme Shore Crossing, Red Mocassin Tops, Rainbow et Five Wounds, mais surtout des femmes et des enfants. Et les larmes ne parvenaient pas à noyer la colère qui brûlait vos cœurs.

Dehors, la nuit remue doucement, on croirait entendre comme le grelot d'un petit rire étouffé. Le Fils de l'Ours se redresse un peu plus et une tendresse infinie se lit sur son visage quand passent furtivement deux silhouettes, une jeune femme et un garçonnet, à la marche maladroite encore. Elles sourient au vieil homme qui a un geste vers elles, mais elles s'évanouissent déjà. Les bras tendus retombent à regret et les mains se referment vides. Mais White Bird déroule la suite de l'histoire :

Nous sommes tous repartis, le cœur en deuil. Lean Elk, que certains appelaient Poker Joe, nous guidait. Nous avons traversé Yellowstone, talonnés par la cavalerie des Blancs. Ces Blancs qui avaient massacré les bisons pour nous affamer, qui ne respectent pas nos terres sacrées, qui violent sans remords les sanctuaires de la nature, ils avaient décidé de faire un parc là, à Yellowstone. C'était la fin de l'été. Des familles venues des villes visitaient encore le parc et croisèrent notre route. Certaines furent épargnées, d'autres non. Malgré l'intervention des Anciens, de jeunes guerriers assouvirent sur eux leur soif de vengeance. Depuis Big Hole, tous les Blancs apparaissaient comme des ennemis. Ennemis aussi nos alliés d'hier : les Crows que nous pensions nos frères refusèrent de nous aider et, dans une ultime trahison, certains nous attaquèrent à Canyon Creek. Les alliances ancestrales étaient bouleversées, pourquoi alors ne pas rallier ceux que nous combattions hier, les Sioux de Sitting Bull ? Ils avaient trouvé refuge de l'autre côté de la frontière canadienne et seuls résistaient toujours aux Blancs. Les rejoindre apparaissait comme notre dernière chance. Mais c'étaient encore de vastes espaces à parcourir, de nouvelles montagnes à franchir, alors que l'épuisement alourdissait les corps et les âmes. On traversa pourtant la Missouri River le 23 septembre. Poker Joe voulait profiter de cet avantage et gagner le Canada à marche forcée, mais les plus âgés, à bout de forces, rappelèrent Looking Glass au commandement.

L'esprit de White Bird se tait. Tous les yeux se tournent alors vers Looking Glass. Répondant à l'attente muette de ses compagnons, celui qui fut valeureux entre tous s'apprête à raconter la fin de la Longue Poursuite et sa propre mort.

Nous pensions que seul le Général Après-demain nous poursuivait. Je croyais donc pouvoir sans danger accorder aux vieillards exténués la halte qu'ils réclamaient. Le 29 septembre à midi, j'ai fait dresser le camp au Nord-Est de la chaîne montagneuse de Bear's Paw, le long de la Snake Creek. Nous avions déjà parcouru plus de mille cinquante miles, vingt-quatre seulement nous séparaient encore du Canada. Mais, pour la première fois depuis des mois, nous avions tué des bisons, une fête inespérée... et les familles affamées passèrent l'après-midi à préparer la viande fraîche.

Comment aurions-nous pu savoir que le colonel Nelson Miles était à nos trousses ? Nous le connaissions bien sous le nom de Bear Coat, à cause de son manteau en fourrure d'ours et pour le respect qu'il inspirait. Il s'était couvert de blessures et de gloire lors de ses combats contre les Comanches, les Sioux et les Cheyennes. Nous n'aurions jamais sous-estimé un pareil adversaire. Il était à la tête des Custer's Avengers, comme ils aimaient s'appeler eux-mêmes : les rescapés de la septième compagnie de cavalerie, que Crazy Horse et Sitting Bull avaient écrasée à Little Bighorn. Ces hommes pleins de haine ne rêvaient que de laver dans le sang indien la honte de leur précédente débâcle. Mais nous ignorions tout cela alors que la viande de bison grillait devant les tentes et embaumait le camp rendu à la joie, pour la dernière fois.

Dans la nuit qui suivit, Wot-to-ltn rêva de fumée et vit les eaux de la Snake Creek se teinter de sang. Au matin pourtant, malgré cette vision funeste, j'ai donné l'ordre d'allumer les feux et de nourrir les enfants avant de repartir. C'est à ce moment qu'eut lieu l'attaque. Contre toute attente, nous parvînmes à la repousser mais nous dûmes abandonner les chevaux pour protéger la fuite des femmes et des enfants. Et cet abandon nous privait de tout espoir d'échapper à l'avenir aux tuniques bleues, il signait déjà la fin de notre liberté. Chaque camp s'installa alors dans une position de siège. Au soir de cette première journée de combats, Ollokut, le frère de Chief Joseph, mais aussi Toohoolhoolzote, Lone Bird et Poker Joe étaient tombés. Dans la soirée, il se mit à neiger. Le lendemain, je fus abattu d'une balle en plein front.

Le Fils de l'Ours intervient alors :

Personne n'oserait te reprocher tes choix, Looking Glass. Tu as suivi ce que te dictait ton cœur mais le sort, depuis longtemps, nous était contraire. Après ta mort, une trêve fut conclue. Miles craignait l'arrivée des Sioux et voulait en finir au plus vite. Il prit en otage Chief Joseph, venu négocier sous le drapeau blanc. Mais notre détermination ne fléchit pas. Le 2 octobre, au contraire, Miles dut l'échanger contre un de ses propres officiers que nous retenions dans notre camp depuis le début de la trêve. Enfin, Howard arriva... le surlendemain ! Il nous promit que nous pourrions retourner à Lapwaï au printemps suivant si nous déposions immédiatement les armes. Mais pendant les négociations, la surveillance s'était relâchée. Avec une centaine d'autres, j'ai suivi White Bird, nous nous sommes échappés pour gagner le Canada. Comme eux, je ne pouvais me résoudre à renoncer à ma liberté.

La reddition officielle eut lieu le 5 octobre. Cinq guerriers marchaient aux côtés de Joseph. Blessé au front et aux poignets, il chevauchait lentement, tête baissée, les mains croisées sur le pommeau de sa selle. Un châle gris couvrait ses épaules et sa chemise noire de poudre. Sa winchester pendait le long de sa jambe. Howard et Miles l'attendaient. Il tendit sa carabine à Howard, l'adversaire de la première heure, mais ce fut Miles, à qui revenait la dernière victoire, qui s'en empara.

Puis Joseph parla :

« *Je suis fatigué de me battre. Nos chefs ont été tués. Looking Glass est mort. Toohoolhoolzote est mort. Tous les anciens sont également morts… Celui qui dirigeait nos jeunes gens, Ollokot, est mort. Il fait froid et nous n'avons pas de couvertures. Nos petits enfants meurent de froid. Parmi mon peuple, certains se sont enfuis dans les collines et n'ont ni couverture ni nourriture. Personne ne sait où ils sont, peut-être sont-ils déjà morts de froid. Je veux qu'on me laisse du temps pour rechercher mes enfants et voir combien je peux en retrouver. Il se peut que je les retrouve parmi les morts. Écoutez-moi, mon cœur est triste et tourmenté. From where the sun now stands, I will fight no more. »*

Sous les raquettes tressées de souples rameaux, la neige poussait de petits couinements mouillés, comme humiliée d'être ainsi foulée sans entraver la progression de Tíikpuu. Elle prenait sa revanche en redoublant de violence derrière la jeune femme, comme si une muraille blanche la suivait et effaçait ses traces en un instant, faisant disparaître le monde dans ses pas.

Tíikpuu gardait les yeux arrimés droits devant elle, à ce qui apparaissait comme un cube grossissant à chaque pas, une maison isolée avant le village. Son esprit, quant à lui s'attardait en arrière, par-delà la ligne de la forêt, sur les pentes de la montagne face à la vallée. Voilà une semaine qu'elle avait laissé reposer le Fils de l'Ours auprès de Leonora, sous la protection des vieux guerriers. Quand ils eurent fini d'évoquer l'épopée du peuple Nimíipuu, les esprits avaient disparu. Mais Tíikpuu savait qu'ils veillaient tout près. Ils s'étaient retirés pour laisser le vieil homme partager ses derniers secrets avec la jeune femme.

Tous deux avaient chuchoté jusqu'à la fin de la nuit près du feu. Il lui avait parlé de son enfant, Nokomis, la Fille de la Lune, aux cheveux plus noirs que les ténèbres et à la peau de la pâleur de l'argent. Il avait raconté comment il lui avait fermé les yeux pour ne plus voir la terreur qui y restait figée, avant de la coucher avec son petit garçon dans la prairie d'Iskumtselalik Pah. Il lui dit aussi comment il avait suivi la troupe de White Bird vers la frontière canadienne et combien dans cet exil, chaque pas se faisait plus pénible, jusqu'à en devenir douloureux. Son âme s'obscurcissait à mesure qu'il approchait du but et il se sentait envahi d'une tristesse capable de briser le cœur le plus dur. Il ne pouvait se résigner à abandonner ses compagnons, mais des liens invisibles l'entravaient qui le serraient de plus en plus étroitement à lui couper le souffle et le tiraient en arrière. De loin en loin, ne se dévoilant qu'à lui seul, il apercevait son Wey-a-kin marchant sur ses traces et il éprouvait sa réticence au plus profond de son être. Quand enfin les autres passèrent au Canada, l'énorme grizzli s'immobilisa et laboura furieusement le sol de ses pattes avant. Il est vain de vouloir résister aux esprits. Le Fils de l'Ours dit alors adieu à ses frères et suivit l'animal en direction du couchant, jusqu'au pied des Rocky Mountains. Il s'installa dans la montagne, au nord de Little Creek et y vécut solitaire, attendant un signe du destin. Il se manifesta un an plus tard…

Au matin, le vieil homme s'était endormi en paix. Tíikpuu avait accompli les rites et l'avait couché près de sa mère. Autour du cou, elle lui avait laissé sa médaille, celle qui l'avait toujours tellement intriguée. Elle en connaissait enfin l'histoire. C'était une des médailles que Lewis et Clark avaient semées parmi les tribus indiennes sur les rives de la Missouri River. La mère du Fils de l'Ours la lui avait donnée juste avant de mourir, en lui disant qu'elle-même la tenait de Yomekollick, *Peau d'Ours roulée*, comme les Nimíipuu avaient surnommé Lewis. Il l'avait offerte à la jeune squaw alors que, sur le trajet du retour, l'expédition avait fait une halte dans son village. Le Fils de l'Ours était né trois saisons plus tard.

Tíikpuu, elle, n'avait rien gardé de celui qui lui avait tant appris, rien sinon la toque de loutre qu'elle lui avait cousue tout récemment. Elle n'avait emporté que son arc, un couteau au manche de corne ouvragée et, dans une besace de peau portée en bandoulière, un peu de viande séchée, un petit tambour, des herbes et des poudres précieuses. Sous sa chemise, contre sa poitrine, dans un étui de fourrure, une touffe de poils noirs, une griffe d'ours. Autour de son cou, une pierre d'or. Tout ce dont elle a besoin pour accomplir ce qui doit être accompli.

Tim, comme à son habitude, était assis au coin de la cuisinière, roulant avec perplexité un morceau de bois entre ses doigts, hésitant encore sur la forme qu'il allait lui donner. À ses côtés, Pierre lui faisait la lecture. Tim l'interrompit au moment où Robinson, après vingt-cinq ans de solitude, découvrait avec terreur une empreinte de pied sur le sable vierge de son île.

– Nous avons de la visite. Va donc ouvrir la porte, mon garçon.

Perplexe, Pierre leva la tête de son livre et s'aperçut que Célestine avait posé quatre écuelles sur la table. Un torchon chiffonné dans les mains, elle regardait maintenant par la fenêtre, l'air soucieux. Ils n'auraient tout de même pas invité Élias pour tenter une réconciliation ? Depuis la scène de l'autre soir, Pierre s'était définitivement installé chez Tim et Célestine, sans que son père s'en préoccupât le moins du monde. Et c'était très bien comme cela.

Un coup fut frappé. Un seul, léger, qui fit plus trembler le cœur de Pierre que le bois de la porte.

– Mais va ouvrir puisqu'on te le dit, répéta Célestine en allant remuer le ragoût qui depuis des heures tournait au confit sur le coin de la cuisinière et emplissait la pièce de son riche parfum d'épices.

Entre curiosité et inquiétude, Pierre se dirigea lentement vers la porte puis, après une dernière hésitation, l'ouvrit brutalement.

À cette époque, les femmes étaient peu nombreuses à Little Creek. C'étaient des femmes âgées comme Célestine, ou des mères de famille plus jeunes mais déjà usées comme Clara ou Annah. Il y avait bien aussi quelques rares gamines entre quatre et dix ans, mais personne de la même génération que Pierre. Pas de modèle féminin dans ce village perdu, pas même un chaste portrait de la Madone dans ces foyers protestants. Seules quelques conversations surprises au saloon permettaient à Pierre d'imaginer les femmes de la ville, chatoyantes et vénéneuses, belles comme avait dû l'être sa mère.

Aussi demeura-t-il stupidement figé devant l'épiphanie qui lui faisait face dans l'encadrement de la porte. Bien qu'elle disparût presque entièrement dans une immense fourrure d'ours et que sa tête se dissimulât sous une toque de loutre, on pouvait cependant distinguer quelques traits de son visage. C'était suffisant pour que des mondes jusque-là insoupçonnés s'ouvrissent aux yeux de Pierre. Célestine avait en un instant pris la mesure de la situation. Si elle fut surprise de découvrir que leur visiteur était une jeune femme, elle n'en laissa rien paraître.

— Ne reste pas planté là, voyons ! Laisse-la entrer et referme cette porte avant qu'on soit tous gelés !

Déjà, elle rajoutait bruyamment une bûche dans le foyer et tisonnait la braise plus que de nécessaire. Pierre s'effaça en rougissant. À cet instant, il aurait préféré mourir plutôt que de se sentir ainsi rougir. Sans paraître lui prêter attention, T'iikpuu délaça ses raquettes d'un geste rapide, et les abandonna sur le seuil avant de pénétrer dans la pièce bien chauffée.

— Défais-toi, ma fille, et viens te sécher près du feu.

Seule Célestine semblait, à cette heure, avoir conservé l'usage de la parole. Tim jouait en silence avec son bout de bois. Pierre n'était capable que de regarder, fasciné, la fumée qui s'élevait comme une brume étrange de la fourrure mouillée. Sans un mot, Tíikpuu se débarrassa de son arc et de son épais manteau. Elle portait une longue tunique sur un pantalon de peau. Sans la peau d'ours, elle sembla un instant fluette, mais Pierre constata bien vite qu'elle était aussi grande que lui et sans doute aussi athlétique. Lorsqu'elle retira sa toque de loutre, elle libéra deux tresses blondes qui vinrent couler le long de ses joues. Il entrevit avec vertige la profondeur de son ignorance. Les mots lui manquaient pour exprimer l'émoi qu'il ressentait, mais aussi tout simplement pour décrire la jeune femme. Gris comme les galets de la rivière, peut-être, pour la couleur de ses yeux, mais c'était sans dire leur éclat qu'il soupçonna moqueur. Le froid avait bleui ses lèvres, comme les siennes lorsque Célestine le régalait d'une tarte aux myrtilles. La stupéfaction physique qui l'avait saisi devant cette apparition lui avait même fait oublier les questions les plus évidentes qui s'imposèrent enfin. Qui était-elle ? D'où venait-elle, ainsi surgie du milieu d'un pareil hiver, si blonde dans des vêtements indiens ? Comme cela ne semblait pourtant préoccuper ni Tim ni Célestine, il jugea plus sage de s'en remettre à eux et d'observer en silence la suite des événements.

Comme si c'était la chose la plus naturelle du monde, la jeune femme traversa la pièce et vint prendre dans les siennes la main gauche de Tim qui tressaillit imperceptiblement à ce contact. De la droite, il fit connaissance du visage qui se penchait vers lui. Ses doigts étaient légers et rapides, et sous ses paupières closes on voyait bouger les globes de ses yeux morts. Lorsqu'il parla, sa voix était comme enrouée :

– Nous attendions ta visite. Sois la bienvenue, quel que soit le fardeau que tu portes.

– Merci Grand-père.

– Venez tous manger, ordonna Célestine en posant la marmite sur la table, il sera temps de parler quand les estomacs seront pleins. Tu dois être affamée, petite, après cette marche dans la neige…

Une fois de plus, Pierre s'émerveilla de la faculté qu'avait Célestine de ne s'étonner de rien et de considérer comme une enfant cette grande et belle fille qui venait de faire irruption dans leurs existences et qui guidait Tim jusqu'à sa chaise comme si elle l'avait toujours connu. Dédaignant le repas, le vieil aveugle écarta son écuelle et tira de sa poche son couteau et le morceau de bois brut qu'il se mit à dégrossir avec une détermination nouvelle.

La jeune femme s'installa en face de lui, de ses doigts fins et solides, elle attrapa la cuiller et s'attaqua au ragoût de Célestine.

– Comment tu t'appelles ? demanda enfin Pierre.

Et sa propre voix lui parut plus grave, comme si de la réponse dépendait sa vie. Elle prit le temps de tremper une tranche de pain dans la sauce qui restait au fond de son assiette, se lécha les doigts avant de lui répondre.

– Tíikpuu.

– C'est un drôle de nom…

– Vas-tu manger ? le coupa Célestine. Tu n'as pas encore touché à ta gamelle, ça va être froid !

Et elle versa une nouvelle louchée dans l'assiette de Tíikpuu :
- Tiens, petite, régale-toi. C'est grâce à ce ragoût d'élan que j'ai fait mon trou dans ce village. Les gens ne se laissent pas facilement apprivoiser par ici, mais j'ai quand même réussi à attraper les plus farouches par la gueule !

L'ambiance se détendait doucement. Célestine marchait sur des œufs pour ne pas brusquer la jeune femme qui recommençait à manger.
- Tu as bon appétit au moins. Tu es un peu maigre, mais tu as l'air en bonne santé...
- Je vais bien, ne vous en faites pas.
- Oh, moi je ne m'en fais pas... je me demande juste si quelque part, quelqu'un d'autre s'inquiète pour toi...

Tíikpuu reposa sa cuiller. Elle resta un moment silencieuse avant de répondre, comme pesant ce qui pouvait être dit :
- En frappant à votre porte, reprit-elle, je savais que vous m'accueilleriez sans poser de questions.

Tim affinait sa sculpture. Ses doigts caressaient l'esquisse de bois pour en suivre les courbes et déterminer les endroits où il devait encore enlever de la matière.
- Nous, nous ne sommes pas curieux, dit-il après s'être raclé la gorge, mais les gens d'ici sont méfiants. Le pays est trop rude pour qu'ils ouvrent sans hésiter leur porte et leur cœur. Je suis sûr que ton arrivée n'est pas passée inaperçue. À l'heure qu'il est, les langues doivent aller bon train.
- Il n'y a qu'à les laisser dire, suggéra Tíikpuu.
- Ce n'est pas si facile, intervint Célestine. Il fait un temps de chien et nous sommes à l'écart du village, mais je te fiche

mon billet que d'ici peu il y en a bien un qui va venir aux nouvelles. Avec cet hiver tout le monde est à cran et dans ces cas-là, on ne regarde pas les étrangers d'un très bon œil, même si c'est une jeune fille seule… ou à plus forte raison ! Alors ça serait mieux d'avoir quelque chose à dire… et de préférence quelque chose qui plaise si on veut avoir la paix.

— Tu parles bien Grand-mère, moi je ne suis pas très bavarde. Tu n'as qu'à inventer ce que tu veux.

— Ah, ça c'est la meilleure ! Tu entends ça, Tim ? Elle ne manque pas d'aplomb la gamine !

Célestine remplit les tasses de café brûlant, pendant que Pierre ramassait les assiettes et les plongeait dans le baquet.

— Puisqu'elle n'est pas bavarde, autant dire que nous n'avons rien pu tirer d'elle, fit-il, et d'ailleurs ça ne sera qu'à moitié mentir… On pourrait même dire qu'elle n'a plus toute sa tête, ajouta-t-il avec un regard de biais vers Tíikpuu.

— Pourquoi pas ? s'interrogea Tim. Du moins, dire qu'elle a perdu la mémoire. Tu crois que tu pourrais jouer le jeu jeune fille ?

Et il lui tendit le petit animal de bois qu'il venait de terminer : un jeune coyote assis sur son arrière-train, la queue repliée sur ses pattes avant, les oreilles en alerte. Le visage de Tíikpuu s'éclaira :

— Vous finirez par y croire vous-mêmes !

Ça n'avait pas manqué. Comme les hommes n'en menaient pas large face à Célestine, ils avaient dépêché Annah. Sam Lauton l'avait embauchée au saloon le jour où Célestine avait décidé que cette fois, elle en avait assez fait pour les autres et qu'elle avait rendu son tablier. Sam n'avait rien vu venir, évidemment, comme les autres il ne voyait pas plus loin que le bout de son nez. Pendant des semaines, il répéta à qui voulait l'entendre que la Célestine, ça l'avait prise comme ça, comme une envie de pisser, que ce soir-là, comme tous les autres, elle avait fini de balayer la sciure conglutinée de jus de chique, en avait répandu de la fraîche, et puis qu'elle était déjà à moitié dehors quand elle s'était retournée pour lui dire que le ragoût du lendemain était prêt, mais qu'elle, elle ne reviendrait pas. À son âge, elle estimait qu'elle avait bien mérité de « goûter aux joies de l'oisiveté avec Tim », voyez-vous ça ! « Les joies de l'oisiveté ! », Sam roulait ces mots dans sa bouche, jusqu'à en faire des bulles de salive. Comme les quelques habitués lui signifièrent qu'il était hors de question qu'ils se contentent à nouveau de haricots mal cuits, il dut trouver quelqu'un pour remplacer Célestine.

Ce fut Annah, une petite brune plutôt mignonne et énergique qui n'avait pas froid aux yeux. Deux mois auparavant, son mari, Arson, était parti chasser dans la montagne comme à son habitude. Tim avait pourtant tenté de l'en dissuader, mais Arson faisait partie des quelques-uns qui jouaient encore les fortes têtes et refusaient de croire aux « histoires de bonnes femmes », comme il disait. Il n'avait pas tenu compte des mises en garde de l'aveugle. Son cheval était revenu tout seul au bout d'une semaine, avec une plaie si profonde sur la croupe qu'il avait fallu abattre la pauvre bête. Restée seule avec deux enfants dont l'un marchait encore à peine, Annah sauta sur l'occasion. Elle vint proposer ses services à Sam, qui les accepta contre un salaire ridicule, mais qu'elle pourrait toujours compléter en étant moins farouche que Célestine. Une étrange sympathie était alors née entre les deux femmes. Sous prétexte de récupérer la fameuse recette du ragoût d'élan, la plus jeune s'était rapprochée de l'ancienne qui avait partagé son expérience, et pas seulement d'ordre culinaire. Elles se retrouvaient régulièrement pour parler de la vie et des hommes. Il arrivait parfois même que Tim les entendît rire, ce qui, à Little Creek, relevait de l'insolence du luxe.

Lorsque donc Célestine reconnut Annah dans la silhouette qui progressait péniblement, pliée en deux pour donner moins de prise aux bourrasques, elle eut un claquement de langue satisfait. Elle retira du four de la cuisinière la tarte à la mélasse et la mit à refroidir près de la fenêtre qui blanchit aussitôt d'une buée odorante. Le parfum sucré fit relever la tête à Pierre et Tíikpuu, jusque-là tous deux absorbés par les gravures de Robinson. Tíikpuu avait découvert le livre et en avait commencé la lecture avec avidité. Devant la surprise de Pierre, elle lui raconta la petite

Bible reliée de cuir rouge de sa mère sur laquelle elle avait appris à lire. Pierre reçut comme un cadeau cette révélation de son passé. Cette évocation maternelle résonnait douloureusement dans le vide de son cœur, pourtant l'idée qu'ils partageaient la même solitude d'orphelins était comme un baume. Il avait bien tenté de la questionner pour en savoir davantage, mais la jeune femme s'était contentée de se replonger dans le livre sans rien ajouter.

— Tenez-vous bien les enfants, nous avons de la visite.

Tíikpuu se dressa d'un bond alors que Pierre passait déjà sa main sur un carreau embué pour identifier la menace.

— Rasseyez-vous tous les deux, c'est Annah. On fait comme on a dit. Toi, petite, tu te contentes de te taire, je m'occupe du reste.

Elle se dirigea vers la porte et l'ouvrit, suspendant le geste d'Annah : le poing fermé à hauteur de visage, prêt à heurter le vantail qui venait de se dérober.

— C'est donc toi qu'ils ont envoyée, fit Célestine en l'aidant à se débarrasser de son paletot alourdi d'une épaisse croûte de neige.

— Ça t'étonne ? renifla Annah en déroulant les multiples anneaux de son écharpe. Tim n'est pas là ? poursuivit-elle sans attendre la réponse et en balayant la pièce d'un regard qui refusa de s'arrêter sur Tíikpuu.

— Il est dans la remise, il donne aux poules et aux lapins.

— Tout va bien alors ?

— Pourquoi non ? Assieds-toi, j'ai fait une tarte. Elle est encore chaude.

Pendant que Célestine en coupait une large part, Annah vint prendre place à table. Elle dénoua le foulard de laine rouge qui cachait ses cheveux, puis cette fois, elle dévisagea Tíikpuu qui demeura impassible et silencieuse, comme étrangère à ce qui se jouait autour d'elle. Quand elle eut terminé son examen, elle se tourna de nouveau vers Célestine, sans chercher à cacher son anxiété.

– Ils sont inquiets, tu sais, au village.

Célestine haussa les épaules avec mépris et posa une part de gâteau devant Annah.

– Je me doute. Quand le soleil baisse et que leur ombre est plus grande qu'eux, ils sont déjà morts de trouille à se demander qui les suit, alors…

– … alors reconnais que quelqu'un qui sort de la forêt, en pleine tempête au milieu d'un hiver comme personne ne se rappelle en avoir connu, ça n'est pas fait pour calmer les esprits !

– Eh bien, tu vas les rassurer, n'est-ce pas ? rétorqua Célestine avant de s'adresser à Pierre :

– Tiens mon garçon, allez donc voir si Tim n'a pas besoin d'un coup de main pour changer les litières. Et quand vous aurez fini, tu lui diras de rentrer avec vous pour goûter ma tarte.

Pierre ne se le fit pas dire deux fois, il se leva aussitôt entraînant Tíikpuu, muette et comme absente. Annah ne quitta pas la jeune fille des yeux le temps qu'ils mirent à enfiler leurs manteaux. Elle attendit qu'ils soient sortis pour se tourner de nouveau vers Célestine :

– Tu la connais ?

– Bien sûr que non ! Qu'est-ce que tu vas chercher ? Mais ce n'est pas une raison pour la laisser crever de froid dehors, si ?
– Ne me fais pas dire ce que je n'ai pas dit ! s'énerva Annah. Qu'est-ce qu'elle t'a raconté ? D'où elle vient ?
– Je n'ai pas de réponses à tes questions, maugréa Célestine en chassant d'un coup de torchon des miettes imaginaires sur la table. Elle ne se souvient plus de rien. Elle se rappelle juste avoir marché dans la forêt et avoir frappé à la première porte qu'elle a trouvée.

Annah repoussa son assiette encore pleine et fixa Célestine d'un air incrédule. La vieille femme soutint son regard sans ciller. Annah soupira, à ce jeu-là, jamais elle n'aurait le dessus.

– Bon, admettons, mais ça ne va pas être facile à expliquer... Et Tim, qu'est-ce qu'il en dit ?
– Tim, il n'en dit rien, parce qu'il n'y a rien à en dire. Il va falloir qu'ils se contentent de ça, au village. Explique que c'est une gamine, qu'elle est en bonne santé, peut-être un peu simple et qu'ils n'ont pas à s'en mêler : Tim et moi on s'occupe d'elle.
– C'est ça... mais tu les connais...
– Écoute, tu as bien vu, elle n'est pas dangereuse...
– Pas dangereuse, c'est toi qui le dis ! On ne fait pas confiance aux Indiens par ici, alors quand je vais raconter que tu as ramassé une jeune squaw et qu'en plus elle est blonde, ça risque de ne pas plaire beaucoup et j'ai peur des réactions de certains. Je suis sûre que tu vois que qui je veux parler...
– Tu n'es pas obligée de rentrer dans les détails, coupa Célestine péremptoire, et de toute façon, pour le moment, on n'a pas

le choix. Il sera temps de voir au printemps ce qu'on fera d'elle quand on pourra descendre à Helena sans risquer de laisser sa peau dans la neige.

Annah se leva dans un nouveau soupir, rattacha son fichu, rembobina son écharpe et conclut en endossant le manteau que lui tendait Célestine :

— Je vais faire de mon mieux, mais n'empêche, ta gamine, elle est bien trop blonde. Si j'étais toi, je la teindrais.

Radoucie, Célestine hocha la tête avec reconnaissance.

— J'y penserai. Et tes gamins à toi ? Ils vont bien ?

Malgré son courage, Annah laissa enfin paraître toute la fatigue qui pesait sur ses épaules. Elle se frotta les yeux des deux mains et étouffa un bâillement.

— Ils dorment mal, comme tout le monde. Ils se réveillent toutes les nuits en pleurant. Je ne sais plus quoi faire contre ces cauchemars, même moi j'en fais... Je vois des silhouettes blanches sans visage qui tournent autour des maisons et passent à travers les murs. J'ai tout essayé, même les recettes des grands-mères. Il n'y a rien à faire. Et ce qui fait le plus peur, ajouta-t-elle plus bas, c'est que les enfants font exactement les mêmes rêves que moi.

— Tiens, fit Célestine en lui mettant dans les mains un gros morceau de tarte noué dans un torchon, tu leur donneras ça ce soir. Ça n'empêchera peut-être pas les mauvais rêves, mais en tout cas, ça ne peut pas faire de mal.

Comme Annah reprenait la direction du centre du village, la fureur du vent s'apaisa brutalement et la neige qui jusqu'alors cinglait l'espace en projectiles glacés se métamorphosa en lourds papillons maladroits qui vinrent se poser avec une douceur oubliée sur ses cils et ses lèvres.

Le ciel s'était dégagé ce matin-là et le vent était tombé. Il gelait toujours à pierre fendre, mais le soleil chauffait avec bonheur la peau du visage. Sous ses rayons, la neige transcendait le blanc jusqu'à l'aveuglement, au point qu'il fallait plisser les paupières pour éviter de s'y brûler les yeux.

Quelques pas derrière Célestine et Tíikpuu, Pierre tirait le traîneau dans la rue principale. Célestine avait pris les choses en main. Estimant qu'il fallait mieux désamorcer la curiosité avant qu'elle n'engendre les pires fantasmes, elle avait prétexté manquer de provisions pour demander aux jeunes gens de l'accompagner au village.

Pierre se serait bien passé d'une pareille expédition, mais Tíikpuu s'était montrée enthousiaste et avait accepté sans discussion de troquer ses vêtements indiens contre un fichu sur la blondeur de ses cheveux, une chemise, un caraco en grosse toile bleue, des bas et une jupe de lainage rouge, reliques d'un autre temps, d'une autre vie de Célestine. La jupe s'arrêtait à mi-mollet. Elle finit d'embraser les sens de Pierre qui marchait sans en détacher son regard et s'émerveillait dans l'imagination des jambes qu'elle recouvrait. Il aurait pu ainsi marcher jusqu'au bout du monde, s'ils n'étaient arrivés au saloon.

Lorsque Célestine poussa la porte, les conversations s'arrêtèrent. Et quand on s'aperçut qu'elle n'était pas seule, le silence sembla même s'épaissir davantage. Derrière elle, Pierre et Tíikpuu venaient de franchir le seuil.

Le saloon de Sam Lauton était le dernier endroit de sociabilité de Little Creek depuis la fermeture de l'église à la mort du pasteur, et celle du magasin général, quand l'épicier avait jeté l'éponge et suivi la plupart de ses anciens clients à Great Falls. Dire que Sam cumulait les deux fonctions vacantes serait sans doute exagéré. Il n'empêche que certains venaient chercher l'apaisement de leur âme dans sa gnole et qu'on pouvait trouver chez lui la plupart des marchandises de première nécessité. Sur la gauche de la salle, derrière un comptoir distinct de celui du bar, s'empilaient des boîtes de munitions et de clous, des rouleaux de corde et des bobines de ficelle. Les sacs de farine, de café et de haricots se serraient contre le fût de mélasse et le tonneau de harengs en saumure, les bidons d'huile et de pétrole, les paquets de sel et de poivre, les morceaux de savon. Plus soigneusement rangées, les bouteilles d'alcool jouxtaient les carottes de tabac. Dans un coin, quelques outils voisinaient avec une paire de bottes de secours.

Pour tout ce qui sortait de l'ordinaire ou relevait de la futilité – comme du fil à coudre, des boutons, quelques mesures de tissu ou autres fanfreluches – on pouvait toujours passer commande : une fois par mois, Sam descendait jusqu'à Helena et en rapportait ce qu'on voulait, pour peu qu'on ait payé d'avance et que la piste soit praticable.

D'un coup d'œil, Célestine avait jaugé la situation : bien qu'il ne soit pas encore midi, la fine fleur de Little Creek était attablée devant le tord-boyaux frelaté que Sam vendait sous le nom de whiskey. Derrière le bar, face à l'entrée, il s'apprêtait à resservir Charlie qui s'avachissait déjà sur le comptoir. Celui-là ne dessaoulait jamais complètement et le premier verre suffisait à raviver l'ivresse de la veille. Il ne s'apercevrait peut-être même pas de leur présence, ou alors l'oublierait, arrivé à la moitié de la bouteille. Elle tiqua en revanche lorsqu'elle reconnut Élias à la table des joueurs de cartes, près de l'énorme cuisinière à bois qui chauffait toute la pièce. Persuadée qu'il serait encore en train de cuver chez lui, elle avait espéré éviter cette rencontre à Pierre, mais, contre toute attente, Élias était bien là, en train de taper le carton avec Jack et Jeremiah. Un sacré brelan de bons à rien !

Jack Linley était le maréchal-ferrant de Little Creek et l'époux de Beth, sans que l'on puisse vraiment affirmer ce qui, des deux, lui demandait le plus de travail. Ses deux cent vingt livres de muscles et sa monstrueuse pilosité lui avaient valu le surnom de Bigfoot. Ce n'était pourtant pas à proprement parler un mauvais gars, mais tous s'accordaient pour dire que les chevaux dont ils s'occupaient avaient plus de jugeote que lui. Certaines mauvaises langues prétendaient encore que c'était Beth qui portait la culotte et que ce n'était pas seulement par le bout du nez qu'elle menait son géant de mari. Enfin, tout cela ne se disait qu'à mi-voix, par respect pour la stature de Jack et la taille de ses biceps, au moins aussi durs que l'acier qu'il forgeait. Quoi qu'il en soit, grâce à sa femme, c'était le seul à rester à peu près sobre. Il n'était peut-être pas très futé, mais pas idiot au point de rentrer du saloon à quatre pattes.

Quant à Jeremiah, c'était une autre affaire. Petit et nerveux, fourbe comme un serpent à sonnette, il en avait l'œil jaune et les écailles, encore que, dans son cas, elles fussent de crasse. Du vivant de sa femme, il lui arrivait encore occasionnellement de prendre un bain, mais depuis le décès de Kathy cinq ans plus tôt, il n'avait dû se mouiller qu'en traversant la rivière ou en relevant ses pièges à castors. Lorsqu'il avait compris que Little Creek ne recelait aucun filon, il avait complètement laissé tomber la prospection et la batée et s'était lancé dans le négoce des peaux. Daim, cerf, renard, coyote, écureuil gris, loutre, castor, lynx, blaireau, raton laveur, ours... malheur aux bestioles dont il croisait les traces. Tout y passait. En hiver, il partait des semaines en expédition, écorchait ses proies, faisait des ballots des peaux qu'il dissimulait dans différentes caches pour les récupérer sur le retour. Le gel se chargeait de les conserver. Avec le retour des beaux jours, il devait cependant abréger ses courses sous peine de voir la fourrure se détacher des chairs par plaques lépreuses. Malgré tout, lorsqu'il rentrait au village avec son chargement de mort sur un traîneau bricolé avec deux troncs, la puanteur le précédait au moins d'une lieue. Sam s'empressait alors de lui proposer son chariot pour emporter au plus vite son pestilentiel butin au comptoir d'Helena. Même lorsqu'il était entre deux chasses, sa peau gardait l'odeur du sang, mêlée à celle de la saleté et à son haleine de carnassier aux dents gâtées. Célestine se souvenait avec tristesse de Kathy et de son calvaire, de la légèreté qu'elle retrouvait un moment pendant que Jeremiah courait les bois, de la fêlure qui traversait de nouveau son âme à l'approche de son retour. Un de ces jours-là, le vent du nord soufflait plus méchamment que de coutume. Il apportait par bouffées ces miasmes reconnaissables entre tous. L'un d'eux gifla Kathy en plein visage alors qu'elle étendait du linge. Elle ferma les yeux sous le choc et resta un moment figée, les bras en l'air comme suspendue au drap qu'elle venait de tendre sur le fil. Puis elle finit de vider son panier en accrochant soigneusement les derniers torchons, s'essuya les mains sur son tablier, dénoua le fichu qui couvrait sa tête et détacha ses cheveux. Elle marcha ensuite sans se retourner jusqu'à la rivière. On retrouva son corps le lendemain, échoué dans un des méandres, plusieurs miles en aval, coincé dans la souche d'un arbre déraciné. Lorsque Célestine et Annah firent sa dernière toilette, elles auraient aimé croire que seuls les galets roulant sur la blancheur de sa peau y avaient fait s'épanouir les hématomes rouges et bleus, comme autant de fleurs mauvaises.

Lorsqu'il vit son père, Pierre se raidit et s'immobilisa. Élias ricana et cracha ostensiblement un long jet de chique noire en direction des pieds de son fils. Puis il attaqua plein de hargne :
– En voilà une surprise ! La sorcière nous fait l'honneur d'une visite… et avec sa sauvage en plus !

En un geste imperceptible, les doigts de Tíikpuu effleurèrent l'avant-bras de Pierre alors qu'il s'apprêtait à bondir sous l'insulte. Cette furtive caresse suffit à arrêter son élan. Comme une eau claire, un grand calme venait de couler en lui. Il se sentit étonnamment apaisé, même si ce détachement avait un arrière-goût amer.

La riposte vint de Célestine. Sans un regard pour les trois hommes, elle se dirigea vers le comptoir des marchandises :
– À ce que je vois, c'est toujours aussi bien famé chez toi, Sam !

Sam quitta le bar pour la rejoindre dans le coin de l'épicerie. Malgré la finesse de ses traits, c'était un gaillard qui en imposait. Sans doute pas du gabarit de Bigfoot, mais tout de même capable de jongler avec des sacs de cinquante livres de haricots ou de farine pour servir ses clients. Il n'était peut-être pas beaucoup plus futé que les autres, suffisamment en tout cas pour comprendre qu'il avait moins à perdre en tenant un saloon qu'en tamisant des tonnes d'alluvions pour ne récolter que quelques rares paillettes. Peut-être est-ce parce qu'il avait abandonné assez tôt l'espoir de faire fortune qu'il avait réussi à préserver au fond de lui un peu d'humanité. Et puis, même si elle l'avait planté là un beau matin pour se la couler douce avec Tim, Sam aimait bien Célestine. Il appréciait son franc-parler et n'oubliait pas ce qu'il devait à son ragoût d'élan. Il se pencha vers la vieille femme.

— Tu les connais... faut pas faire attention.

Elle eut un reniflement dédaigneux.

— Donne-moi plutôt du café et de la farine... et puis des haricots aussi.

Sam remplit des sacs qu'il posa devant elle.

— Alors comme ça, c'est elle, risqua-t-il.

Célestine sembla tout d'abord n'avoir pas entendu, elle se tourna vers Pierre et Tíikpuu.

— Les enfants, venez m'aider à porter tout ça.

Pierre s'avança en tournant le dos à son père et ses compagnons. Tíikpuu, elle, demeura près de la porte. Immobile et silencieuse, elle fixait les trois hommes. Son visage restait impassible et indéchiffrable, rien dans son attitude ou sa posture ne permettait de soupçonner la moindre tension. Son regard en revanche avait la dureté du granit. Célestine reprit finalement :

— Oui, c'est elle. Maintenant, vous l'avez vue, ce n'est qu'une gamine perdue et je vais la garder pour l'hiver. Annah vous l'a dit, c'est notre problème à Tim et à moi. Elle ne vous dérangera pas.

— Ça, c'est vite dit ! éructa Élias. Tu l'as attifée comme tu as pu, mais on sait bien qu'elle vient de chez les sauvages. Et si elle s'est enfuie, qu'est-ce qui nous dit qu'ils ne vont pas venir nous attaquer pour la récupérer ? Ça se saurait s'ils laissaient partir leurs femelles.

— Ouais, et y paraît qu'on a vu rôder des peaux-rouges un peu plus haut, vers le Pic Noir, ajouta Jeremiah.

— Ils n'ont qu'à venir, on va les recevoir, beugla Jack en bombant le torse et frappant du poing sur la table, d'un coup qui fit trembler les verres.

— Tais-toi, Bigfoot, tu ne sais pas de quoi tu parles, dit Pierre posément avant de se tourner vers son père. Et toi, c'est tout ce que tu as trouvé ? Alors tu as intérêt à freiner sur la bouteille si tu ne veux pas te retrouver scalpé sans même t'en rendre compte...

Le sang d'Élias ne fit qu'un tour, fouetté par le tranquille mépris de son fils.

— C'est comme ça que tu parles à ton père ? Je vais t'apprendre moi !

Il allait se lever quand Jeremiah le retint en rigolant :

— Laisse le morveux, y'a plus intéressant... regarde la gamine...

Il sourit horriblement en passant sa langue sur ses lèvres et continua :

— Si ça se trouve, elle n'est pas si sauvage que ça... et si elle ne veut pas parler, je suis sûr que je pourrais bien la faire couiner...

Il eut à peine le temps de jeter ces derniers mots, que la porte claqua contre le mur : une bourrasque d'une violence inouïe venait de faire sauter la clenche et un souffle glacé s'engouffra dans la pièce comme un esprit. La neige dont il était chargé rendait visible sa danse tourbillonnante, il se dirigea vers la table des trois hommes, s'empara des cartes, les souleva et les fit tournoyer avant de les laisser retomber sur le sol. Il vint comme une main se glisser dans le cou de Jeremiah et d'Élias dont le visage bleuit, sur la barbe de Jack qui se couvrit de givre. Sous une giboulée de jurons et de flocons piquants, Sam se précipita pour refermer la porte. Malgré sa haute taille, il dut lutter de toutes ses forces pour y parvenir.

— Putain d'hiver ! grogna-t-il à son tour. Je n'ai pas souvenir d'en avoir vu de pareil. Et ça n'a pas l'air de vouloir s'arranger.

Jeremiah se rapprocha du poêle. D'un revers de main, il essuya la neige fondue qui coulait sur son visage, y dessinant d'étranges marbrures terreuses.

— Ce n'est pas naturel tout ça. Il se passe des choses bizarres, siffla-t-il en jetant un nouveau regard vicieux vers Tíikpuu.

Jack qui, à quatre pattes, ramassait les cartes éparpillées se redressa :

— C'est bien vrai ! Et les chevaux, ils sont nerveux depuis quelque temps, ils sentent des choses qu'on ne voit pas. Moi non plus, je n'aime pas ça !

— Tu n'es quand même pas en train de nous dire que tu as peur de la neige, Bigfoot, pas toi ! se moqua Pierre qui était revenu se placer aux côtés de Tíikpuu.

— Rigole pas avec ça, gamin ! riposta-t-il en secouant sa grosse tête hirsute. Je sais bien ce que je dis !

— En tout cas, reprit Sam en s'adressant à Célestine, tu as intérêt à économiser ton café. Hier, Stan a voulu aller jusqu'à Helena, mais il a dû faire demi-tour. Une avalanche a bloqué le passage au niveau du Pas de l'Homme Mort, et pour Great Falls, c'est pareil, le col est coupé.

Pendant les derniers échanges, Élias ruminait silencieusement en observant Tíikpuu. Finalement, il rafla la bouteille oubliée sur la table, se servit un verre et l'avala cul-sec.

— Ouais, on dirait bien qu'on est coincé ici pour un moment, fit-il. Si ça se trouve, on va être obligé de se bouffer les uns les autres quand on aura fini les réserves de Sam...

Il se tourna vers Pierre avec un sale rictus :

— Qu'est-ce que t'en dis, fiston ? Lequel de nous deux va bouffer l'autre en premier ? À moins qu'on se partage ta sauvage ?

Les yeux de Pierre brillèrent mais ne quittèrent pas ceux de son père. Il passa son bras sur les épaules de Tíikpuu et appela :

— Tu es prête, Célestine ? On s'en va.

— Évidemment que je suis prête ! Je vous attends !

La nouvelle assurance de Pierre n'avait pas échappé à Célestine. Elle se réjouit intérieurement de le voir tenir tête à son père et vint rejoindre les jeunes gens.

— Vous n'allez pas sortir dans cette tempête ! s'alarma Sam.

Célestine méprisa l'avertissement et ouvrit la porte. Dehors, le soleil s'en donnait à cœur joie en se réfléchissant infiniment sur la neige.

P ierre avait traversé son enfance en solitaire.
Il était hors de question qu'Élias s'occupât de ce nourrisson dont il ne savait que faire et dont il avait hérité malgré lui. L'enfant serait peut-être mort faute de soins, sans que personne ne s'en émeuve, si Célestine ne s'en était chargée. Lorsqu'il était encore au berceau, elle le baladait partout avec elle. Il dormait dans une caisse chaudement matelassée dans un coin du saloon pendant qu'elle cuisinait, servait, torchonnait. Depuis la disparition de Mia, Élias passait de nouveau le plus clair de son temps chez Sam. À l'occasion, il jetait un regard étonné sur ce marmot qu'il avait décidément du mal à considérer comme son fils. Quand Pierre fut en âge de marcher, Célestine refusa de le laisser faire ses premiers pas dans la sciure au milieu des poivrots. Elle limita sa présence au bar au strict minimum et pendant les quelques heures qu'elle consacrait à Sam, elle le déposait à droite ou à gauche. Quand il eut sept ans, elle tint à ce qu'il vive avec son père. Il n'avait jamais été dans son intention de s'approprier l'enfant. Un soir, elle frappa donc à la porte d'Élias et lui remit Pierre avec son baluchon. Elle ne leur laissa le choix ni à l'un, ni à l'autre, mais ils savaient tous les deux qu'ils pourraient toujours compter sur elle. De fait, même si

Pierre habitait officiellement chez son père, il ne se passait pas un jour sans qu'il aille faire un tour chez Tim et Célestine. Élias devenait de plus en plus taciturne mais l'arrangement tint vaille que vaille jusqu'à ce fameux soir où la rupture entre le père et le fils fut consommée.

Lorsque Tíikpuu arriva au cœur de cet hiver terrible, le jeune homme l'accueillit comme il aurait accueilli le printemps. Elle était le camarade qui lui manquait, en même temps que la femme que fantasmait son adolescence. Déchiré entre ces deux aspirations contradictoires, il ne savait comment se comporter avec elle. Il avait immédiatement été subjugué par sa beauté et la violence du désir qu'il éprouvait ne laissait pas un instant ses sens au repos. Il aurait voulu la séduire, bien sûr, mais elle l'intimidait trop. Il se sentait gauche dès qu'il se trouvait seul avec elle et la peur de se ridiculiser à ses yeux le paralysait. Il gardait par ailleurs assez de lucidité pour sentir la distance que la jeune femme avait établie dans leur relation. Il lui semblait parfois qu'il était transparent, qu'elle lisait en lui à livre ouvert et que son sourire ironique le mettait en garde contre toute tentative. Ce qui, outre la frustration, mettait ses nerfs à vif, c'est que lui en revanche n'arrivait jamais à prévoir ses réactions. Par moments, elle paraissait ne faire aucun cas de lui, passant des heures à regarder Tim sculpter ses animaux, à aider Célestine ou partant dans les bois pour de longues courses solitaires. Et puis, alors qu'il ne s'y attendait pas, elle sortait de sa réserve et recherchait sa compagnie, de plus en plus, se plaisait-il parfois à croire.

Depuis la visite au saloon, il n'avait plus neigé. Le ciel était toujours aussi clair et le temps aussi calme. Tíikpuu l'entraînait maintenant dans ses promenades autour du village. Elle lui apprenait à reconnaître les traces des animaux dans les sous-bois enneigés : sous l'impact du bond, deux assez larges trous, côte à côte, suivis de deux encore, moins marqués et alignés l'un derrière l'autre... un lièvre était passé par là. Il arrivait qu'il finisse dans la cocotte de Célestine. Ailleurs, les minuscules empreintes du campagnol, de part et d'autre de la ligne dessinée par sa queue, courte piste plongeant dans un réseau de galeries sous la couche neigeuse. Un jour, ils virent celles d'un coyote près de celles du rongeur. Tíikpuu se baissa et passa en souriant ses doigts dans les petites cupules laissées par ses pelotes.

— Le coyote est sacré pour les Nimíipuu...

— Ici, c'est plutôt un fléau. Il pille les pièges des trappeurs et ne vaut que par sa fourrure, coupa Pierre.

La jeune femme se redressa et lui lança un regard dur :

— C'est pourtant un puissant Wey-ya-kin qu'il vaut mieux ne pas contrarier.

— Un puissant quoi ?

— Wey-ya-kin. Un esprit protecteur. Parfois, il dévoile l'avenir dans un rêve ou une vision.

— Tu plaisantes, là ? demanda Pierre.

Comme en réponse à sa question, un glapissement retentit plus loin dans les bois et le fit sursauter. Tíikpuu, elle, éclata franchement de rire et reprit sa marche dans la neige.

— À ton avis ?

— À mon avis, tu te fiches de moi, une fois de plus, fit-il, vexé.

Elle s'arrêta, se retourna vers lui et posa sa main sur son bras, dans un geste qui le désarma aussitôt.

– Tu me fais rire, c'est vrai, mais je ne me moque pas de toi.

– Raconte-moi ton histoire de Wey-ya-kin, alors, dit-il, sans oser bouger de peur de rompre ce contact qui venait de lui chavirer l'estomac.

À ce moment, il aurait pu croire n'importe quoi pour lui plaire et entrer dans son monde. Elle retira pourtant sa main et montra l'ombre qui commençait à descendre des montagnes.

– Il est temps de rentrer, la nuit sera bientôt là. Nous parlerons en chemin.

Ils pressèrent le pas et Tíikpuu commença d'une voix étonnamment douce :

– Vous autres, Blancs, vous vous croyez supérieurs au monde entier. Depuis que vous êtes arrivés sur leurs terres, vous regardez les Indiens comme des sauvages.

– Eh ! se révolta Pierre, je n'ai rien dit moi, et il me semble que toi aussi tu as la peau blanche !

– Et que sais-tu de la couleur de mon cœur ? riposta la jeune femme. Je n'ai pas connu mon père. Ma mère m'a appris la langue des Blancs, mais celui qui m'a élevée était indien. Il a vu son peuple se faire persécuter par le tien et pourtant il a recueilli ma mère sans s'occuper de sa couleur, ni de sa folie. C'était un vieil homme mais malgré son âge, il s'est chargé d'elle. Moi, je lui dois la vie et tout ce que je sais...

Elle s'interrompit brutalement et pinça les lèvres, comme si elle regrettait les paroles que, dans son exaltation, elle venait de laisser s'échapper. Pierre en profita aussitôt :

– Tu ne m'avais pas dit pour ta mère... tu veux me parler d'elle ?

Elle demeura un moment silencieuse, comme indécise et Pierre restait suspendu à ce silence que seul brisaient leur souffle et le crissement régulier de la neige sous leurs raquettes.

— Elle s'appelait Leonora Wilson, finit-elle par dire. Elle m'a aimée à sa façon et m'a appris à lire. Elle a vécu à nos côtés, mais son esprit n'était pas avec nous.

— Moi, je n'ai pas eu la chance de connaître ma mère...

— Tu as au moins celle de connaître ton père.

La froide ironie qui perçait dans la voix de Tíikpuu ne pouvait échapper à Pierre.

— Pour ce qu'il vaut ! Tu l'as vu au saloon... souffla-t-il, il passe son temps à boire et à rêver de trouver le gisement du siècle ! J'ai essayé de rester proche de lui, mais parfois, j'ai l'impression que je lui fais horreur.

— Il est comme tous les Blancs : pour eux, l'or compte plus que tout, plus que les liens du sang, que la liberté et la vie d'un peuple. Ils croient tout posséder, la terre, les hommes, les animaux. Tout le contraire des Indiens. Le Fils de l'Ours m'a appris à croire à l'harmonie, aux forces de la nature et à celles des esprits, à ce qui est invisible.

— Au Wey-ya-kin ?

— Par exemple.

Comme elle ne continuait pas, Pierre, mi-moqueur, relança le sujet :

— Alors ? Tu me racontes ton Wey-ya-kin ou pas ?

Elle eut un petit rire qui résonna comme une victoire aux oreilles de Pierre, puis commença :

— Tu veux une histoire… très bien, alors écoute ! Les Nimíipuu ont combattu les soldats du général Howard près de la Clearwater River. Ce jour-là, un des guerriers indiens voulut trouver la gloire. Comme un défi héroïque, il galopa seul au-devant des lignes ennemies et les longea en chantant son chant de guerre. Les balles volaient autour de lui comme des insectes énervés, mais elles ne l'atteignaient pas. Pourtant, au moment où il regagnait son camp après sa cavalcade, il fut touché dans le dos. La balle traversa son corps et ressortit par sa poitrine. Il tomba. On le crut mort. L'un de ses amis lui ôta sa tunique et le plongea dans les eaux glacées de la rivière pour laver sa blessure. Soudain, il sembla ressusciter. Il ouvrit les yeux et sortit de l'eau à quatre pattes : son Wey-ya-kin était un bison. De ses pieds et de ses poings fermés, le guerrier martela la berge comme avec des sabots en poussant un grondement terrible. On aurait dit celui d'un buffle en rut. Le sang coulait de sa poitrine blessée, puis finit par se tarir. Alors il se redressa sur ses deux jambes, on lui apporta une nouvelle tunique et il repartit au combat. Depuis ce jour, ses frères l'ont appelé Kipkip Owyeen.

— Kipkip Owyeen ? répéta Pierre.

— Oui, cela veut dire poitrine blessée dans notre langue. Un nom ne se donne pas au hasard, tu sais.

Il attrapa la balle au bond :

— Justement, tu ne m'as jamais dit ce que Tíikpuu voulait dire…

La lumière déclinait, les ombres les talonnaient et déjà, devant eux, les fenêtres de Little Creek s'allumaient une à une.

— Je te le dirai, je te le promets, mais pas tout de suite. J'en ai déjà dit beaucoup aujourd'hui.

Il n'insista pas, cela n'aurait servi à rien, il le savait bien. Il préféra tenter sa chance sur un autre terrain.

– Toi aussi, tu as un Wey-ya-kin ?

– Oui, mais je n'ai pas le droit de le nommer. Tu dois le deviner, ajouta-t-elle avec malice.

Ils avaient pénétré dans la rue principale du village. Comme ils avançaient, des silhouettes glissaient furtivement derrière les vitres, ici une main relâchait précipitamment un rideau écarté, là une lampe à pétrole reculait, assombrissant un moment le carreau qui s'éclairait de nouveau dans leur dos. Pierre guettait ces mouvements et s'en agaçait. Tíikpuu, elle, semblait les ignorer et marchait sans tourner la tête.

En approchant de chez Jack, la rue s'assourdissait du bourdon sourd de la masse sur l'enclume et du tintement du métal battu. En contrepoint, la respiration bruyante du forgeron scandait chaque frappe d'un ahanement rauque. Quand ils longèrent la grange où il travaillait, les chevaux qu'il y abritait pour l'hiver se mirent à hennir et à s'agiter dans leurs stalles. Des sabots cognèrent contre les planches. Le marteau tomba une dernière fois et Bigfoot rugit :

– Qu'est-ce qui vous prend, les carnes ? Holà ! Du calme...

Des hennissements furieux couvrirent ses imprécations. Tíikpuu siffla une note très basse entre ses dents, à peine perceptible. Pierre ne l'aurait pas entendue s'il n'avait été si près d'elle. Les chevaux s'apaisèrent et le martèlement reprit.

– Comment as-tu fait ça ? souffla Pierre.

– Quoi ? je n'ai rien fait. Dépêchons-nous, ajouta-t-elle sur un ton qui n'admettait pas de réplique, Célestine va nous attendre.

Elle accéléra en laissant Pierre en arrière et en colère. De nouveau, elle jouait avec lui et après un bref moment de partage, elle reprenait ses distances. Il la rattrapa à la sortie du village, au niveau du cimetière. C'était un simple pré, enclos d'un modeste mur de pierres sèches. Pour l'heure, la neige le recouvrait entièrement. Seuls des vallonnements adoucis dessinaient ses limites et, parfois, le sommet d'une croix, plus haute que les autres, perçait comme une épine noire la couche blanche. Des dalles, on ne voyait plus rien. Comme il arrivait derrière elle, elle fit volte-face :

– Où est la tombe de ta mère ?

La brutalité de cette question désarçonna Pierre.

– Dans le coin, là-bas, vers la gauche.

– Tu m'y emmèneras ?

– Je voudrais bien, mais avec la neige, ça ne sert à rien. Je ne suis même pas sûr de retrouver l'endroit exact.

Pendant un instant, Pierre pensa qu'elle en était contrariée, mais elle eut un geste d'insouciance et enchaîna aussitôt d'un ton détaché :

– De toute façon, il faut rentrer avant que la tempête se lève. Viens.

Il regarda le ciel. Tout près de la nuit, il se teintait peu à peu d'un violet transparent que commençaient à salir de longues traînées plus sombres. Bientôt le gris l'emporterait, un gris qui ne semblait pourtant pas menaçant. Quand il baissa les yeux, Tíikpuu était déjà loin. Il soupira et se mit à courir pour la rejoindre.

Depuis que les gens se cloîtraient chez eux, étranglés par la terreur qui s'était abattue sur Little Creek comme une épidémie, le saloon restait désert. Sam n'entendait plus que rarement le claquement rapide des bottines sur les marches de bois, tapant leurs talons pour en détacher la neige. Et les rares fois où cela arrivait, la cliente ne faisait qu'entrer et sortir dans un froissement de jupons pressés, elle attrapait son sac de haricots et disparaissait aussitôt. Le temps n'était pas aux papotages, tout ce qu'on aurait pu dire n'aurait fait qu'alimenter le malaise et la peur. Même les habitués du ragoût d'Annah faisaient faux bond, se contentant de venir chercher une provision de boîtes de corned-beef de temps en temps.

Seul Charlie Abott demeurait fidèle au poste, mais il ne fallait pas compter sur sa conversation. Abruti par la gnole, il n'était pas d'un grand réconfort et Sam s'ennuyait ferme derrière son comptoir, sauf bien entendu quand Jack, Élias et Jeremiah poussaient la porte du saloon. Ces trois-là continuaient à venir régulièrement s'attabler au fond de la salle. Sam n'entendait pas ce qu'ils se racontaient, mais ça faisait un bruit de fond toujours préférable au silence délétère.

Ce soir-là pourtant, malgré la nuit déjà tombée et un méchant vent qui se levait, il y avait foule. Si on peut parler de foule pour la poignée des rescapés de Little Creek qui s'était donné rendez-vous au saloon. En tout cas, ils étaient tous là, les traits tirés, les yeux fuyants, comme ceux des oiseaux qui n'osent se poser longtemps au même endroit, épuisés d'être toujours en alerte. On avait mis dans un coin les derniers enfants du village, ceux d'Annah et de Clara, et la mère de Charlie Abott, sans que l'on sache très bien qui devait surveiller qui. Les quelques femmes se serraient autour du poêle en chuchotant ; au comptoir, les hommes taciturnes enchaînaient les verres. Personne ne s'était encore décidé à prendre la parole, soit par honte d'exprimer l'angoisse partagée, soit dans la crainte superstitieuse que cet aveu lui donne plus de force encore.

C'est finalement Annah qui ouvrit le bal.

– Je veux bien continuer à vous servir, lança-t-elle au bout d'un moment, mais si vous avez quelque chose à dire, il faudrait mieux le faire pendant que vous en êtes encore capables !

– Oh ! toi, ferme-la, siffla Élias en faisant claquer son verre sur le bar, t'es cul et chemise avec Célestine… alors forcément, t'as rien à craindre de sa sauvage, mais pour nous, c'est pas pareil… Pas vrai, vous autres ? ajouta-t-il en parcourant l'assemblée du regard.

Son intervention provoqua une certaine agitation. Les pieds raclèrent la sciure et quelques grognements approbateurs s'élevèrent parmi les buveurs. L'un d'eux reprit :

– Si, c'est vrai ! On a toujours réussi à échapper aux Indiens par ici, alors ça ne me plaît pas qu'y en ait une qui débarque maintenant… ça risque d'en attirer d'autres.

On acquiesça. Encouragées, de nouvelles voix montèrent.
- Si ça se trouve, ils l'ont envoyée en éclaireuse...
- Ouais, elle est venue pour repérer et puis après elle va appeler les autres...
- Elle a bien vu qu'on n'était plus beaucoup et qu'on ne pourrait pas se défendre...

Près du poêle, une femme sanglota. Beth qui jusque-là était restée en retrait, s'avança :
- On va pas lui laisser le temps ! cria-t-elle.

Jack renchérit aussitôt en bon chien de garde :
- Beth a raison, nom de dieu !
- C'est peut-être déjà trop tard, gémit Clara, tous les soirs on voit passer des ombres... Les petits se mettent à hurler quand elles approchent.
- Non, ça c'est autre chose, intervint Sam, j'ai fait un tour hier jusqu'à la forêt. Je n'ai rien vu. Si des Indiens rôdaient dans le coin, ils laisseraient forcément des traces dans cette putain de neige !
- Et tu trouves ça rassurant ? fit quelqu'un. C'est quoi alors qui nous empêche de dormir la nuit ?
- Ouais ! Et puis comme tu dis, cette putain de neige, ce froid... à ce point-là...
- C'est comme les bêtes... elles s'affolent pour un rien ! Vous avez vu tout-à-l'heure quand elle est passée avec Pierre ?
- Et les ours ! on n'en avait jamais vu si près du village !

Les digues qui retenaient la parole étaient brisées, emportées par le flot de la vindicte qui déferla alors, dans l'ivresse de la surenchère. Les rumeurs se grossissaient des frayeurs qu'on osait enfin avouer, dans une de ces folles communions cathartiques capables d'allumer des bûchers. Les mots de « sorcière » et de « diablesse » volèrent comme des oiseaux de mauvais augure dans la salle maintenant surchauffée. Seuls Sam, et Annah qui s'était réfugiée près de lui derrière le comptoir, observaient la scène. Avec vigilance pour le premier qui craignait que les choses ne dégénèrent dans son bar et avec une stupeur atterrée pour la seconde, inquiète de ce qui risquait arriver à Célestine. On pouvait se demander comment tout cela allait tourner, quand une imprécation proférée sur une note plus hystérique que les autres fusa en vrillant les tympans et sembla crever l'abcès de colère. Soudainement, le silence retomba, alourdi par une certaine gêne, seulement éraillé par quelques halètements ou raclements de gorge.

– Bon, puisque c'est comme ça, avec Elias, on va aller vous la chercher, la sauvage …

Tout le monde applaudit à la proposition de Jeremiah et puis il fallut se résoudre à se séparer pour regagner sa solitude, plié en deux pour lutter contre des bourrasques de plus en plus violentes.

Cette nuit-là, les vents hurlèrent comme tous les chiens de l'Enfer. Les plus impressionnables crurent que le dernier sceau avait été brisé et que l'Apocalypse se ruait sur Little Creek, portée par des bourrasques d'une violence inégalée. Le ciel se déchirait dans une bataille monstrueuse. Des rafales venues de tous les horizons convergeaient vers le petit village, se heurtaient de plein fouet au-dessus de ses toits, s'étreignaient en d'invraisemblables tourbillons qui se tortillaient comme de gigantesques serpents emmêlés. Le vent du nord déchaînait sa fureur contre celui du sud, ceux de l'est et de l'ouest s'affrontaient en de terribles tornades qui dansaient autour des maisons. Certains prétendirent même avoir vu un cavalier pâle sur un cheval livide courir au milieu de la tempête. Et en ce désordre affreux, la crinière de sa monture s'effilochait, emportée par les souffles rageurs. Parmi leurs rugissements, on pouvait par moment entendre son rire grinçant, à moins que ce ne fût la plainte d'une charpente, secouée en tous sens et menaçant de se disloquer en crachant ses chevilles. Les toitures pourtant tinrent bon. Quelques-unes se soulevèrent dans un hoquet de terreur avant de se rasseoir, parfois un peu de guingois. Pendant que le bois craquait, que son calvaire vibrait dans les murs et les planchers, hommes et bêtes se taisaient, prisonniers d'une silencieuse terreur. À peine entendait-on parfois un sanglot étouffé, un soupir échappé, le murmure d'une vaine prière. Ce qui ne faisait que rendre l'effroi plus glaçant, c'est que cette tempête était sèche : elle ne charriait ni pluie, ni neige nouvelle. Seuls les vents passaient en trombe, comme des spectres blafards se poursuivant dans les rues, soulevant, brassant puis laissant retomber les vieux flocons. Comme autant de petits cyclones, cette neige morte et grise remuait les ténèbres dans un effrayant ballet fantasmagorique.

Les souffles s'épuisaient au sortir du village. Chez Tim et Célestine, on ignorait tout de la rage des éléments. Pierre s'était couché déprimé. Après leur promenade, Tíikpuu l'avait ignoré toute la soirée. Elle passait son temps à souffler le chaud et le froid et il désespérait d'établir une relation sans heurt. Tout ne devait pas tourner bien rond chez elle, sa vie à moitié sauvage avait laissé des traces, forcément. Derrière le rideau qui partageait la pièce où ils dormaient, il l'entendit fredonner. Il l'imaginait très bien, assise sur son lit, en train de se balancer en psalmodiant ces paroles inintelligibles. Il rumina un moment puis finit par s'abandonner à la mélopée aux sombres accents et s'endormit.

Il marchait sans but dans un désert de neige. Glacé jusqu'aux tréfonds de l'âme, dans cette immensité solitaire, il ne savait où porter ses pas, ni ses regards. Il lui semblait que quelque chose serrait son cœur qui ralentissait, et bientôt cesserait de battre. Au moment où il allait abandonner, des cristaux de glace s'élevèrent soudain du sol et commencèrent à tournoyer, lentement d'abord, puis s'accélérant au fur et à mesure que d'autres venaient s'agglutiner aux précédents. Peu à peu se dessina une silhouette. D'abord imprécise et mouvante, elle se stabilisa sous l'apparence d'un coyote dont la blancheur éblouissante irradiait. Il se mit à japper sans qu'aucun son ne vienne troubler le repos du cimetière où ils se trouvaient alors tous deux transportés. Seule sa langue rouge éclaboussait tout ce blanc d'un vermeil fascinant. L'animal s'approcha et, cette fois, parla :

– Pierre...

Pierre sursauta et s'assit dans son lit, hébété. Tíikpuu se tenait debout devant lui.

– Dépêche-toi de te lever !

– J'étais en train rêver...

– Tu me raconteras plus tard, coupa-t-elle, suis-moi.

Elle tourna les talons et disparut dans la pièce attenante. Encore un peu groggy, il enfila ses vêtements et la rejoignit. Elle finissait son café debout près de la fenêtre. Il attrapa la cafetière sur la cuisinière et se servit à son tour. Tim et Célestine étaient encore couchés. Depuis qu'ils ne vivaient plus que pour eux, ils aimaient rester au lit, particulièrement en hiver. Pour tout dire, ils se levaient avec le jour et Tíikpuu avait réveillé Pierre un peu avant l'aube. Les crêtes des montagnes commençaient à peine à s'éclairer de reflets roses mais on pouvait déjà discerner la lisière de la forêt.

– Qu'est-ce qui se passe ?

– Tu verras bien. Finis ton café, nous allons au cimetière, fit-elle en le rejoignant près de la table.

Pierre reposa son bol et chercha son regard avant de demander froidement :

– Ce n'est pas pour aller sur la tombe de ma mère, n'est-ce pas ? Tu t'en fiches, en fait, de ma mère... comme tu te fiches de moi.

Elle détourna les yeux et reprit sa place derrière le carreau, guettant la fuite des ombres. Il profita de cette dérobade muette et poursuivit avec un calme qui le surprit lui-même :

— Tu déboules comme ça, un beau jour, comme si c'était normal, et comme si c'était normal aussi que Tim et Célestine t'accueillent et te protègent comme ils le font. Tu donnes des ordres, tu fais la morale, tu prends beaucoup mais tu donnes peu en échange...

Elle se retourna et ouvrit la bouche pour répliquer, mais il ne lui en laissa pas le temps. Maintenant qu'il avait commencé à déverser ce qu'il avait sur le cœur, il devait aller jusqu'au bout et on verrait bien comment elle réagirait :

— Non, laisse-moi finir. Je sais, tu m'as dit deux mots de ta mère et de Fils de l'Ours, et alors ? Tu te crois quitte pour si peu ? On ne sait même pas qui tu es vraiment, ni ce que tu viens faire ici !

— Pour l'instant, ça ne regarde encore que moi, lança-t-elle avec une colère contenue qui fit trembler sa voix.

— Alors pourquoi tu viens me réveiller pour que je t'accompagne au cimetière ? Tu connais le chemin... à moins que finalement, tu aies besoin de moi et de ce que je sais sur les gens d'ici...

Cette fois, les joues de Tíikpuu s'empourprèrent :

— Va donc te recoucher ! je me débrouillerai très bien sans toi, riposta-t-elle.

— Pas question ! Je ne veux pas laisser passer une occasion d'en apprendre un peu plus sur toi, mais je ne comprends pas pourquoi tu ne me fais pas confiance, pourquoi tu ne me dis pas la véritable raison de ta venue ici. Moi, je n'ai pas de secrets pour toi.

Elle garda le silence, se détournant pour fixer de nouveau l'orée des bois, comme si elle cherchait la réponse derrière le rideau des arbres. On n'entendait que les ronflements jumeaux qui montaient de l'autre côté de la cloison, comme le bruit paisible et régulier d'une humanité rassurante. Enfin, elle vint s'asseoir près de lui, dans un geste d'apaisement.

– Je n'aurais jamais cru que ce soit possible, mais je t'apprécie, Pierre. C'est pour ça que je préfère taire certaines choses.
– Mais pourquoi, si je veux t'aider ?
– Parce que mon histoire n'est pas la tienne et que j'aurais aimé t'épargner.
– Je n'ai pas peur ! protesta-t-il.
– Tu l'as dit toi-même, tu ne comprends pas… je vais te faire souffrir et j'en suis triste, mais je n'y peux rien.
– Explique-toi, alors.
– La tempête de cette nuit a commencé à découvrir ce qui était caché. Une partie des réponses nous attend dehors.

Pierre se leva aussitôt. Il enfila son manteau et se dirigea vers la porte qu'il ouvrit. D'un geste de la main, il invita T'iikpuu à le suivre.

– Allons-y, fit-il.

À peine étaient-ils dehors, que Tim et Célestine entrèrent dans la pièce. Collée au carreau, Célestine les regarda s'éloigner.

– Tu es vraiment sûr que nous n'aurions pas dû les empêcher d'y aller ? demanda-t-elle.
– Ça n'aurait rien changé, tu le sais bien, juste retardé ce qui est depuis longtemps décidé par des forces qui nous dépassent. Voilà des années que les dés ont été jetés.
– Oui, je suppose que tu as raison… comme toujours. Mais j'ai peur de ce qui va arriver.

— C'est pour cela qu'il faut nous préparer et accepter de payer le prix qui nous sera demandé, conclut Tim en attirant Célestine contre lui.

Et ses mots étaient emprunts d'une infinie tristesse.

Tíikpuu et Pierre marchaient avec l'aube. L'ombre paraissait refluer devant eux comme les dernières flaques entraînées par le jusant. Plus ils approchaient du village, plus le paysage se défaisait. Pierre qui avait toujours rêvé de voir l'océan, s'imaginait un peu de cette manière les dunes qui bordaient ses plages. Les vents avaient remodelé les reliefs, arasant certaines congères, en déplaçant d'autres, créant de nouveaux bancs de neige. Les amas de poudreuse, résultats de tourbillons anarchiques, se juxtaposaient ou se chevauchaient en dépit de toute logique, dans des orientations contradictoires. Sur quelques dizaines de pas, les jeunes gens progressaient sans difficulté, mais ils devaient ensuite franchir péniblement un amoncellement qui se dressait comme une barrière sur le chemin autrefois plat. Arrivés en haut, ils se laissaient glisser de l'autre côté. Devant eux, la couche neigeuse érodée par les vents composait maintenant un vaste champ de zastrugi, incroyable vision d'une mer formée, aux vagues figées, aux fines arêtes acérées comme des lames courbes et barbares. Ils foulèrent à regret ces sculptures délicates pour atteindre le cimetière. Il avait été en grande partie dégagé par les rafales prisonnières de son enceinte et l'on pouvait à présent distinguer les formes adoucies des tombes. Pierre avait entendu parler des rouleaux de neige mais n'en avait encore jamais vu. Or dans le cimetière, la couche neigeuse s'était décollée du sol sur une largeur de cinq pieds et enroulée sur elle-même comme un tapis, ouvrant un chemin jusqu'à une sépulture oubliée au fond du cimetière : pas de dalle mais un grossier empilement de blocs, entre lesquels on avait fiché une croix de bois depuis longtemps renversée. T'iikpuu s'avança, posa un genou en terre et la releva. On y avait gravé de simples initiales et une date : *M. W. 1878*. La jeune femme replaça la croix en la calant soigneusement et se tourna vers son compagnon.

– Tu sais qui est enterré là ?

– Je n'en ai aucune idée... je n'étais jamais venu dans cette partie du cimetière, ma mère est de l'autre côté. En tout cas, personne ne devait tenir beaucoup à lui ou à elle pour le laisser comme ça, sans même un nom... Mais on va demander à Tim et Célestine, ils sauront certainement.

– Oui, rentrons... mais avant, allons rendre visite à ta mère. Va devant, je te suis...

Et elle le suivit. Pierre balaya de la main le léger voile blanc qui seul demeurait sur la tombe. *Mia Blackwood, 1862-1880*, purent-ils lire. Ils demeurèrent quelques minutes sans parler, autour d'eux l'air vibrait d'une émotion partagée. T'iikpuu sentait qu'un esprit s'apaisait quelque part, tandis qu'un autre s'impatientait encore.

Lorsqu'ils repartirent, Jack Linley, embusqué au coin du mur du cimetière, les suivit un moment du regard avant de partir précipitamment en direction du village.

— Il s'appelait Matthew Wilson, commença Célestine.

Aussitôt, Pierre se tourna vers Tíikpuu. Au regard qu'elle lui jeta, il ravala les mots qui lui brûlaient les lèvres. Il demeura donc silencieux sans interrompre Célestine.

— Quand il a débarqué à Little Creek, on n'en croyait pas nos yeux. Il est arrivé sur une charrette pleine d'un bric-à-brac incroyable. C'était en 78, vers la fin du printemps. À cette époque-là, les gens commençaient à déserter le village… alors vous pensez si on l'a regardé comme un oiseau rare ! Je me rappelle très bien quand il est entré au saloon… y'en a qui se sont étranglés avec leur whiskey en le voyant. Il était encore jeune, la trentaine à tout casser, mais on aurait dit un monsieur. Il portait un costume noir et une cravate.

— J'étais là aussi, intervint Tim. C'était un peu avant mon accident. Il parlait bien. Ça aussi, ce n'était pas banal ! On sentait que c'était quelqu'un qui avait de l'instruction.

Tim, comme à son habitude, sculptait un morceau de bois. Célestine demeurait étonnamment inactive. Elle, qui d'ordinaire s'affairait toujours autour de sa cuisinière, à fourgonner parfois simplement pour le plaisir de s'agiter et de faire du bruit, restait assise près du vieil aveugle. Ses mains reposaient sur ses genoux, comme deux petits animaux endormis. Elle semblait vidée de son énergie. Pierre et Tíikpuu écoutaient. Célestine sembla puiser au plus profond d'elle-même et poursuivit :

– Il a salué tout le monde et il a tendu une liste de marchandises à Sam. Vous pensez bien que Sam nous l'a montrée dès que l'autre a eu le dos tourné... Eh bien je vous assure que c'était joliment écrit, avec des pleins et des déliés, jusque dans des mots aussi grossiers que « boîte de clous » ou « madrier ». De toute façon, on avait tous remarqué ses mains blanches, des mains plus habituées à tenir la plume que la scie ou le marteau, ça ne faisait pas l'ombre d'un doute. On se demandait bien ce qu'il allait être capable de faire avec tous ces matériaux.

– Et puis, il a sorti de sa poche un portefeuille en cuir et en a tiré un petit paquet de billets. Il a tout payé comptant, comme ça, à la commande, avant même d'avoir la marchandise !

À cette évocation, Célestine eut un petit rire bref :

– C'est vrai ! s'exclama-t-elle. Vous auriez vu les nez qui s'allongeaient à l'odeur de l'argent... d'un seul coup, on avait moins envie de se moquer. Surtout quand il a demandé à Sam de lui livrer tout le fourbi et qu'il a promis un dollar à chaque gars qui viendrait l'aider à construire une maison au bout du village.

– Et ils sont venus ?

– À ton avis, jeune fille ? fit Tim. Matthew payait et, en prime, on allait pouvoir aller fouiner et observer de plus près le phénomène ! Une offre pareille, ça ne se refuse pas.

– Surtout, ajouta Célestine, qu'il a offert une tournée générale, histoire de montrer que c'était du sérieux !

Jusque-là, Pierre était resté silencieux, guettant Tíikpuu du coin de l'œil et cherchant à deviner ce qui se tramait dans cette histoire qui émergeait du passé, comme une bulle nauséabonde vient crever à la surface d'un marécage. À cet instant, il ne put retenir la question qui fusa :

— Et mon père, il y est allé aussi ?

— Comme les autres, oui, soupira Tim, et comme moi aussi. Je voyais encore à l'époque, même si je ne comprenais pas grand-chose à ce que je voyais. On s'y est tous mis pour rassembler le bois et les matériaux qu'il avait commandés et on lui a tout apporté. On voulait savoir ce qui l'avait attiré ici à contretemps.

— En fait, c'est le village entier qui y est allé… même les femmes. Moi aussi j'y étais, ajouta Célestine. C'était l'attraction de l'année, vous comprenez ? Ça faisait bien longtemps qu'il ne s'était rien passé à Little Creek, alors c'était un divertissement de roi ! Pendant que les hommes construisaient la maison, nous, on leur servait à boire, on papotait… on venait de sortir de l'hiver, il faisait doux… Les gamins couraient partout en riant, ils étaient bien encore une quinzaine à l'époque. On aurait presque cru un jour de fête. Le soir, la maison était construite…

— Si vite ?

— Oh ! elle n'était pas bien grande, une seule pièce. Mais il expliqua qu'il l'agrandirait petit à petit. L'important était d'avoir un toit pour que sa femme puisse venir le rejoindre le plus vite possible.

Célestine se tut. Elle essuya ses yeux sur sa manche. Le visage de Tíikpuu demeurait inexpressif, mais assis près d'elle, Pierre voyait battre une veine sur sa tempe, d'une pulsation fébrile. C'est lui qui prit l'initiative de rompre le silence.

— C'étaient tes parents, Matthew et Leonora.

Au bruit de ces prénoms, Tíikpuu sortit de son mutisme. Elle les répéta pour profiter de leur douceur, *Matthew et Leonora*, pour former ce couple qu'elle n'avait jamais connu. *Matthew et Leonora...* Pierre s'adressa à Tim et Célestine :

— Tíikpuu m'avait déjà parlé de sa mère, mais vous deux, vous aviez compris depuis le début, n'est-ce pas ?

— C'est le portrait de sa mère, souffla Célestine.

La tension s'était apaisée. Tim posa son couteau et la figurine qui commençait à ressembler à un oiseau, puis il se leva. Son mouvement dans la pièce chassa les fantômes et restaura le présent. Il rajouta une bûche dans la cuisinière, puis revint s'asseoir. Il allait reprendre sa sculpture, quand Tíikpuu interrompit son geste en posant la main sur son bras. Le vieil homme tressaillit et Pierre aurait presque juré avoir vu un éclair dans ses yeux morts lorsque la jeune fille les fixa en demandant :

— Et après ? Dis-moi ce qui s'est passé, Grand-père.

— Mais enfin Beth, puisque je te dis qu'ils étaient au cimetière... sur la tombe...
— Et moi, je te dis de te calmer ! Tu vas ameuter tout le village ! Rentre me raconter ça à l'intérieur.

Beth attrapa Bigfoot par le coude et l'entraîna dans la maison. C'était une femme à l'apparence lisse, de celles sur lesquelles le regard glisse sans s'arrêter. Ni grande, ni petite. Ni belle, ni laide. Même ses cheveux, qu'elle serrait dans un chignon rabougri, n'avaient pas de couleur définissable. Sa bouche, peut-être, sortait de l'ordinaire, en ce qu'elle alliait la sensualité de lèvres charnues à la sévérité des rides qui plissaient à leurs commissures. Un observateur plus attentif aurait cependant pu remarquer dans ses yeux sombres une vivacité et un éclat inquiétants. Pour elle, comme pour tous, la vie était rude à Little Creek et chacun essayait d'amortir ses coups comme il le pouvait. Les épreuves impriment leurs traces de manière différente sur les individus. Si elles avaient décuplé l'énergie d'Annah, Clara s'était réfugiée dans une molle résignation. Beth, elle, s'était endurcie et armée de pragmatisme. Son premier mari faisait partie des pionniers qu'Élias avait embarqués dans son rêve. Elle le suivit puisqu'elle n'avait pas le choix et rien à perdre à part lui. Elle le perdit pourtant au bout de quelques mois seulement. Il était parti prospecter depuis une dizaine de jours quand on commença vraiment à s'inquiéter de ne pas le voir revenir. Beth réussit à convaincre quelques hommes de se mettre à sa recherche. Ils le retrouvèrent au fond d'un ravin, sous la carcasse éventrée de son cheval. La pente était abrupte et la descente périlleuse. Les charognards avaient déjà bien festoyé, il ne restait pas grand-chose à remonter. On décida donc de le laisser là où il était, même si certains regrettèrent de ne pas pouvoir récupérer son fusil.

Beth savait qu'elle ne pourrait pas survivre seule. À l'époque, les célibataires ne manquaient pas au village et il y avait même encore quelques bons gars qui n'auraient pas demandé mieux que de s'occuper d'elle. À la surprise générale, elle repoussa toutes les avances. Elle qui n'avait jamais rien décidé par elle-même, était bien résolue à tirer profit des circonstances pour prendre sa pauvre existence en mains. Son choix se porta sur Jack. Le gros costaud ne comprit pas ce qui lui arrivait : dans sa simplicité, il avait tout de même conscience qu'il lui manquait l'esprit qui plaît aux femmes. Il s'était fait à l'idée que sa vie se passerait auprès des chevaux, qui se contentent, pour vous aimer, d'une ration de foin et d'une claque sur la croupe ou d'une caresse sur le museau de temps en temps. Quand Beth vint le trouver dans son atelier, elle n'y alla pas par quatre chemins. Près du foyer aux braises incandescentes, la chaleur était suffocante. Sous son large tablier de cuir, le torse nu de Jack ruisselait et chaque fois qu'il levait haut le bras armé de la masse, une bouffée d'odeur animale venait saturer un peu plus la lourdeur de l'air. Interdit, il la regarda s'avancer vers lui sans un mot, en laissant retomber comme au ralenti le marteau sur l'enclume. Lorsqu'elle promena sa langue sur sa poitrine en sueur, il se sentit devenir aussi dur et brûlant que le fer qu'il forgeait. Ce qu'elle lui fit ensuite, il n'aurait jamais imaginé que ce fût possible. Il se promit alors de se dévouer corps et âme à cette femme, ce qui était exactement ce qu'elle attendait de lui. Trois jours plus tard, ils étaient mariés et personne ne se risqua à la moindre plaisanterie. Depuis, Beth exerçait sur Jack une autorité implacable que légitimaient les caresses qu'elle lui prodiguait.

Ce jour-là, comme toutes les fois où, pour une raison ou pour une autre, il commençait à s'énerver et menaçait de perdre le contrôle, elle lui parla avec rudesse en le poussant sur une chaise :

– Assieds-toi, calme-toi et raconte-moi tout sans t'énerver.

– Tu sais bien, j'étais parti voir ce que la tempête avait fait, alors j'ai poussé jusqu'au bout du village, vers le cimetière… et ils étaient là !

– Qui ça, ils ? Tu ne me l'as même pas dit, fit-elle en s'adoucissant.

Elle vint se placer debout derrière lui et se mit à lui masser les épaules. Il eut un grognement satisfait et se détendit un peu.

– Pierre et sa sorcière.

– Allons, ne dis pas de bêtises. D'accord, hier soir, y'en a qui ont raconté des tas de choses, mais ils en tenaient déjà une sacrée couche. Tu sais bien que les sorcières, c'est des histoires pour faire peur aux enfants…

Elle accentua la pression de ses doigts autour de sa nuque.

– Ah, oui ? Et la tempête de cette nuit alors ? Comment tu l'expliques ? Personne n'avait jamais vu ça. Et ce que le vent a fait au cimetière, hein ? Il a balayé la neige jusqu'à une tombe… et tu sais bien laquelle ! Tu m'enlèveras pas de l'idée que tout ça, c'est pas naturel !

— Et depuis quand tu as des idées, toi ?

Elle lui asséna une claque derrière la tête, comme pour vérifier sa vacuité, vint se planter devant lui et reprit :

— Ceci dit, même sans parler de sorcellerie, ça ne me dit rien qui vaille… Tu vas filer chez Sam et me ramener Élias et Jeremiah avant qu'ils aillent chez Célestine. Faut que j'aie une discussion avec eux.

Comme Jack ne semblait pas vouloir bouger, elle le houspilla :

— Qu'est-ce que tu attends ? Ne reste pas comme ça à me regarder bêtement ! Vas-y ! Après ils vont être partis… Et essaye d'être discret, pas la peine de claironner dans tout le saloon pourquoi je veux les voir…

Cette fois, Bigfoot s'exécuta et sortit. Beth, elle, resta près du poêle, pensive, rongeant l'ongle de son pouce droit.

Après ?... On n'a jamais vraiment su le fin mot de l'histoire, soupira Tim. Tes parents cultivaient le mystère autour d'eux, et ça, les gens avaient du mal à l'avaler.

Mais qu'est-ce qu'il faisait au juste mon père ?

Il ne l'a jamais dit et personne n'a voulu demander, alors les langues allaient bon train. Ce qui est sûr, c'est qu'il passait son temps à arpenter les bords de la rivière.

Pourtant, Dieu sait si on l'avait déjà prospectée ! ajouta Célestine. Je crois bien qu'il ne devait pas y avoir un galet qui n'ait pas été retourné au moins dix fois par les chasseurs de placers !

S'il te plaît, Tim ! insista Pierre. Comment est mort le père de Tíikpuu ? Ce n'est pas un secret quand même !

C'est Célestine qui prit la parole :

C'est comme Tim a dit, on ne sait pas grand-chose... À la fin de l'été, la maison a brûlé. Quand on est arrivé, c'était déjà trop tard, le toit venait de s'effondrer.

Un frisson traversa le corps de Tíikpuu.

C'était le soir, enchaîna Tim, la nuit venait de tomber. Comme il n'y avait plus rien à faire, on a attendu le lendemain matin. Les braises avaient refroidi et quand on a cherché dans les cendres, on n'a retrouvé qu'un corps... celui de Matthew.

Tíikpuu se leva et alla se coller contre le poêle, le visage blanc comme neige. Sa voix aussi était glaciale lorsqu'elle demanda :

Et ma mère ? Vous ne l'avez pas cherchée ?

Tu penses bien que si ! s'exclama Célestine. Aussitôt, tous les hommes se sont mis à sa recherche. Ils ont fouillé les bois tout autour, ils ont suivi les berges de la rivière, ils y ont passé des heures, mais rien.

Mais enfin, s'insurgea Pierre, qu'est-ce qu'on a dit à l'époque ? Et toi, Tim ? Tu n'as rien vu ?

Je te rappelle qu'à ce moment-là j'étais comme tout le monde... répondit le vieil homme d'une voix faible. D'ailleurs, le jour où c'est arrivé, j'étais parti en prospection dans la faille où j'ai été coincé quelques jours après...

Il s'interrompit un moment, comme indécis sur ce qu'il devait dire ou taire.

– Alors ? insista Pierre.

– Plus tard, reprit-il avec réticence, on m'a raconté que Jeremiah a affirmé avoir vu les restes d'un feu de camp en fouillant la forêt. Dans ces années-là, il y avait pas mal d'Indiens qui rôdaient, seuls ou en bande. Le gouvernement les poussait dans des réserves, mais certains refusaient d'y aller et préféraient continuer à vivre en nomades. Bien sûr, ils devaient se cacher et souvent ils pillaient les fermes isolées...

Non ! s'écria Tíikpuu. Ce n'est pas possible ! Tu mens Grand-père !

Et pourquoi pas ? fit doucement Célestine. Ce n'était pas la première fois que ça arrivait. Alors, à l'époque, on a pensé qu'un Indien avait tué ton père, mis le feu à la maison et enlevé ta mère.

Et vous avez tous cru à ça ?

Tes parents vivaient à l'écart et ils n'étaient là que depuis trois mois à peine. Ils ne s'étaient vraiment liés avec personne. Et puis, il y a eu l'accident de Tim... et puis l'automne est arrivé... et un hiver terrible, presque aussi froid que cette année. Les gens ont eu autre chose à penser et ont tourné la page.

— Toi aussi ?

Lourds de reproches, les deux mots tombèrent comme deux pierres sur le cœur de la vieille femme.

— Moi aussi. J'ai tout fait pour oublier ta mère, pour arrêter d'imaginer ce qu'elle était devenue.

— Et tu as réussi ?

— Non, jamais.

Elle désigna Pierre :

— Au printemps, je suis allée chercher Mia et quand elle est morte, je me suis occupée de lui.

Après les quelques jours de répit qui avaient précédé la tempête, la neige avait repris. De lourds flocons tombaient de nouveau avec douceur, sans que le moindre souffle ne vienne dévier leur chute lente. Leur opiniâtreté leur épargnait toute hâte. Ils n'étaient ni pressés, ni serrés, seulement aussi énormes et innombrables que les fleurs d'un champ de coton. Et c'était bien cela le plus redoutable... Eussent-ils tournoyé en un déferlement dense et frénétique que l'on eût été rassuré, confiant dans leur rapide épuisement. Mais, pas plus que la rivière ne s'arrête de couler, on ne voyait ce qui aurait pu interrompre cette tranquille régularité. Il était possible de rester un temps infini à contempler ce spectacle hypnotique.

Célestine était seule. Elle tournait le dos à la fenêtre pour ne pas succomber à cette fascination morbide et pétrissait une boule de pâte, les mains blanchies de farine. À l'amertume de la vie, elle opposait la tarte à la mélasse, parce que le sucre, disait-elle, adoucit la gorge et le cœur. Sur la plaque de la cuisinière, grillaient des pignons de pin. Tim et Pierre n'allaient pas tarder à lui rapporter du bois qu'ils étaient partis chercher dans la grange, adossée à l'arrière de la maison. Depuis peu, ils avaient percé une porte au fond de la pièce pour y accéder directement, sans avoir à sortir au milieu du froid.

Après la discussion de la matinée, Tíikpuu avait quitté les vêtements que lui avait prêtés Célestine pour reprendre sa tenue indienne. Elle avait enfilé sa lourde peau d'ours, coiffé sa toque de loutre et était partie avec son arc. Elle ne reviendrait qu'à la nuit, avait-elle prévenu, et Pierre n'avait pas proposé de l'accompagner.

L'après-midi étirait avec ennui ses dernières heures et Célestine avait déjà allumé la lampe à pétrole, pour lutter contre les ombres rampantes et la mélancolie. Un coup brutal ouvrit la porte d'entrée. Un air glacial s'engouffra dans la pièce, précédant Jeremiah, Élias et Jack. Sous la couche de neige qui s'était collée à eux comme une croute blanche, ils semblaient plus morts que vivants. Avant même que Célestine ait pu prononcer un mot, Jeremiah attaqua :

— Eh, la vieille, où elle est ta sauvage ?

— Toujours aussi délicat, toi... fit Célestine en s'essuyant les mains sur son tablier. Je ne vous propose pas d'entrer puisque c'est déjà fait, ajouta-t-elle en leur faisant face.

— Te fous pas de nous ! continua-t-il. Faut qu'on lui cause.

— C'est ça ! C'est bien connu que tu sais parler aux femmes, toi ! Qu'est-ce que vous lui voulez d'abord à cette gamine ?

— Ça, c'est notre affaire... Alors, où elle est ? Tu réponds toute seule ou il faut qu'on t'aide ?

Élias restait impassible, observant la scène un peu en retrait, préférant laisser Jeremiah prendre l'initiative de l'interrogatoire.

Jack, lui, balançait nerveusement sa grande carcasse d'un pied sur l'autre. S'il n'avait tenu un fusil, il y a fort à parier qu'il n'aurait pas su quoi faire de ses mains. La situation le mettait mal à l'aise, il n'avait pas imaginé les choses comme ça. Pour lui, il suffisait d'entrer, de prendre la fille et de repartir avec elle, pour faire ce qu'il y avait à faire, comme Beth l'avait dit. Il aimait bien Célestine et il ne s'était pas préparé à sa résistance. Il essaya de lui expliquer :

– C'est pas contre toi, tu sais, Célestine… mais la fille, elle est pas normale. Au village, tout le monde pense que c'est à cause d'elle cet hiver de chien et la tempête… et tout le reste… Beth a raison… faut qu'on se débarrasse d'elle, tu comprends ?

– Tais-toi, imbécile ! cracha Jeremiah, mais trop tard.

– C'est la meilleure celle-là ! s'écria Célestine. Alors Beth aussi est dans le coup ? Cette vipère… j'aurais dû m'en douter. Et vous voulez vous débarrasser de la gosse…

Cette fois, Élias intervint. Il était le mieux placé pour essayer d'éviter que tout ne dérape complètement. Il écarta Jack, s'avança et s'efforça de parler calmement avec un sourire qui ne sonne pas trop faux :

– Bigfoot n'a rien compris, tu le connais… mais c'est vrai, au village les gens sont inquiets, alors ils nous ont envoyés pour qu'on interroge la gamine. On va garder un œil sur elle en attendant que le col soit praticable et puis on la redescendra à Helena. On pourrait l'enfermer dans une maison vide, elle ne sera pas malheureuse et ça rassurera tout le monde de la savoir sous clé.

– Et puis quoi encore ? Tu crois vraiment que je vais faire confiance à des bandits comme vous ? Je te croyais plus intelligent Élias !

Jeremiah mit fin à la tentative d'apaisement. L'écume aux lèvres, il cracha plutôt qu'il ne dit :

— Ça suffit maintenant ! Tu vois bien qu'elle nous balade et qu'il faut la secouer si on veut qu'elle parle...

Il levait la main, le visage déformé par une joie mauvaise, lorsque la petite porte au fond de la pièce, celle qui conduisait à la grange, s'ouvrit devant Tim. Il pointait une carabine en direction de Jeremiah.

— Arrête immédiatement. Si tu la touches, je te jure que je tire...

Il écarquillait ses yeux laiteux qui prenaient des lueurs phosphorescentes dans la pénombre où il se tenait. Son visage ordinairement doux s'était durci et sa crispation faisait horriblement grimacer ses vieilles cicatrices. Il était terrifiant. La main menaçante redescendit le long du corps de Jeremiah qui ricana sans conviction :

— Allons Tim, pose ça... tu pourrais blesser quelqu'un...

— Tais-toi, Jeremiah, tu pues tellement que n'importe qui pourrait te viser les yeux fermés ! Jack, tu donnes ton fusil à Célestine sans faire d'histoires...

— Mais comment tu sais que j'ai un fusil ? bégaya Jack.

— Ne te pose pas de question et contente-toi de faire ce que je te dis.

L'air ahuri, le forgeron tendit son arme. Célestine s'en empara puis vint se placer dans le dos d'Élias et de Jeremiah pour prendre les revolvers pendus à leur ceinture.

— Vous récupérerez votre quincaillerie demain chez Sam, leur dit-elle.

Elle avait déjà désarmé Jeremiah et s'apprêtait à faire de même pour Élias. À ce moment, ignorant tout de ce qui se jouait, Pierre entra, derrière Tim, les bras chargés de bois.

— Tíikpuu, non ! hurla-t-il en laissant tomber son chargement.

Son cri et le fracas des bûches roulant sur le sol firent tressaillir la jeune femme. Sa main trembla et la flèche siffla. Manquant son but, elle alla se planter dans le mur, emportant néanmoins la moitié de l'oreille gauche de Jeremiah qui se mit à gueuler comme un veau.

S'encadrant dans la porte restée ouverte, Tíikpuu, que personne n'avait entendu arriver, engageait déjà une nouvelle flèche. Dans la confusion, Pierre s'interposa entre la jeune femme et ses cibles.

— Tíikpuu ! Qu'est-ce que tu fais ?

— Sauve-toi, gamine ! lui cria Tim.

Elle hésita une seconde, jeta un regard plein de colère à Pierre et disparut, comme absorbée dans l'ombre. Pierre s'élança à sa poursuite. Dans la lumière moribonde, le vent se leva doucement.

Il l'avait suivie sans réfléchir, parce qu'il ne pouvait pas la laisser s'enfuir au risque de la perdre, parce qu'elle lui devait des explications. Lui seul l'avait vue lorsqu'elle bandait son arc, et ce qui brûlait dans ses yeux à ce moment-là, c'était la volonté de tuer. Il l'aurait juré. Pierre ne pouvait s'empêcher de penser que s'il n'était pas intervenu, elle les aurait transpercés tous les trois de ses flèches. Il fallait qu'il en ait le cœur net. À bout de souffle, il ralentit sa marche. Il était parti sur un coup de tête, sans raquettes et il s'enfonçait jusqu'aux genoux dans la poudreuse. Un moment, la silhouette sombre de Tíikpuu s'était détachée devant lui, sur le fond bleuté de la neige, mais la nuit était tombée brutalement et l'avait engloutie.

Cette fois, il s'arrêta, désemparé. Il ne s'était pas immédiatement rendu compte du retour du vent. C'était un vent bas et perfide. Oh, il ne vous fouettait pas le visage, ni ne se collait de toute sa force à votre poitrine pour vous empêcher d'avancer... non, il se contentait de balayer le sol. La surface de la couche neigeuse était en mouvement continuel. Comme le vent fait friser les eaux d'un lac dans la course des vaguelettes, les flocons semblaient courir à ras de terre. Les empreintes de Tíikpuu s'étaient effacées devant lui, impossible de suivre sa trace. Il soupira. Dans sa précipitation, il n'avait pas même songé à attraper une lampe-tempête. Il ne lui restait plus qu'à faire demi-tour au plus vite. Il reprendrait ses recherches le lendemain, à moins que Tíikpuu ne réapparaisse d'elle-même d'ici là.

Son cœur se serra, lorsqu'il s'aperçut que ses propres empreintes étaient recouvertes. Il eut beau scruter l'obscurité, la lumière qui brillait à la fenêtre de Célestine ne parvenait pas à percer l'épaisseur de la nuit mêlée de neige. Il sentit la colère le gagner, nourrie de la frustration accumulée. Il hurla de toutes ses forces le nom de Tíikpuu, mais il lui sembla que son cri était comme amorti, étouffé, absorbé par les flocons et les ténèbres et qu'il ne portait pas plus loin que la buée qui sortait de sa bouche. Il serra les poings à s'en faire mal et sentit des larmes de rage couler et se glacer aussitôt sur ses joues. Il les essuya d'un geste brusque. Il devait se ressaisir. Il avait souvenir d'avoir marché tout droit vers le bois en sortant de la maison, mais il devait bien reconnaître qu'il n'avait pas vraiment fait attention. Dans cette soupe noire et blanche, il avait perdu toutes ses certitudes. Il devait pourtant prendre une décision. Il se mit donc à avancer dans ce qui lui parut être la direction exactement opposée à celle qu'il avait prise quelques minutes plus tôt... quelques minutes... Cinq ? six ? vingt ? Il constata avec angoisse que même le temps s'était dissout dans les ténèbres. Et le doute le prit. S'il avait vraiment marché vers la forêt, n'aurait-il pas dû l'avoir atteinte au moment où il avait rebroussé chemin ? Elle n'était pas si loin... Il s'arrêta, indécis, puis reprit sa marche. Après tout, il n'était même pas certain d'avoir suivi une ligne droite... privé de tout repère, comment savoir si l'on ne dévie pas insensiblement ? Le mouvement et l'immobilité eux-mêmes n'ont plus aucun sens quand l'œil n'est pas capable de mesurer l'espace. Il frémit à la pensée que, peut-être, il tournait en rond et que les cercles qu'il dessinait se resserraient, au point que bientôt il en viendrait à piétiner sur place sans même s'en apercevoir. Alors il pensa à Tim, pour regretter de ne pas lui avoir demandé comment il vivait sans ses yeux. Il l'avait toujours connu aveugle et dans son égoïsme d'enfant, il n'avait pas songé à s'étonner qu'il pût se débrouiller aussi bien, au point qu'il n'avait jamais considéré sa cécité comme une infirmité.

Mais les regrets ne font pas avancer, c'est ce que disait toujours Célestine, au contraire, ils vous attachent aux malheurs du passé. La pensée de la vieille femme lui redonna du courage. Il accéléra son rythme. S'il atteignait l'orée du bois, il se serait trompé, voilà tout et il repartirait dans l'autre sens, c'était aussi simple que ça. Sinon, il finirait fatalement par regagner la maison… et à supposer même qu'il passe à côté sans la voir, il ne pourrait pas rater le village un peu plus loin. Évidemment, restait la possibilité qu'il longe la lisière de la forêt et s'éloigne dangereusement de tout secours. Il chassa cette pensée importune et décida de compter ses pas pour essayer d'évaluer les distances. Il se maudit de ne pas y avoir pensé plus tôt. Il commençait à ne plus sentir ses pieds, ni ses mollets, enfouis dans une neige collante dont il peinait de plus en plus à s'arracher. Arrivé à deux cents, il décida de persévérer jusqu'à trois cents pas, sans que rien ne vînt raisonnablement justifier ce choix. Bientôt, il s'aperçut qu'il comptait, et donc avançait, de moins en moins vite, comme si l'engourdissement qui gagnait ses muscles paralysait aussi lentement son cerveau. Il perdit le fil… était-ce deux cent soixante-neuf ou deux cent soixante-dix-neuf ? Et le temps qu'il se pose cette question, combien de nouveaux pas n'avait-il pas comptés ? Le vent tourbillonnait maintenant, il avait pris de l'assurance et de la hauteur, il prenait un malin plaisir à le souffleter et à lui siffler aux oreilles.

Alors Pierre lâcha prise et se laissa tomber dans la neige, admettant ce qu'il avait jusque-là refusé, il était épuisé, incapable de continuer davantage.

Deux détonations retentirent dans le lointain, puis, après un temps, deux autres, puis deux autres encore. Il comprit que Tim tirait des coups de fusil pour lui indiquer la direction qu'il devait prendre, il comprit aussi qu'il était trop tard. L'écho des déflagrations résonnait derrière lui. Bien trop loin derrière lui, à bout de forces. Il se rappela avoir entendu dire que, passées les premières angoisses, mourir gelé n'était pas douloureux. Que les sens s'émoussaient, jusqu'à s'éteindre un à un, au point que même la sensation de froid disparaissait. Que l'on glissait dans l'inconscience comme dans le sommeil, avec soulagement. Que lorsque l'on retrouvait un malheureux perdu dans le blizzard et qu'on écartait son linceul de neige, souvent ses traits étaient figés dans une étrange expression d'apaisement. Il ferma les yeux, cherchant pour s'endormir l'image de sa mère, telle qu'il l'avait tant de fois imaginée dans son lit d'enfant. Mais elle lui échappait, il ne parvenait pas à lui donner consistance et peu à peu, ce fut celle de Tíikpuu qui se dessina derrière ses paupières. Le visage de la jeune femme lui souriait, tendre et moqueur à la fois, mais déjà il s'estompait, comme un reflet s'embue sous le souffle tiède de l'haleine. Un souffle tiède comme celui qu'il sentait sur sa joue. Surpris par cette chaleur, il pensa ouvrir les yeux, mais il ne vit que le coyote argenté de son rêve. Il était assis face à lui, le fixant d'un regard intelligent, si proche que c'était sa respiration qu'il sentait sur sa peau. Il aurait voulu lui sourire, mais ses lèvres bleuies ne lui obéissaient plus. Alors le coyote vint se coucher sur sa poitrine et sur sa tête et Pierre respira avec gratitude l'odeur et la chaleur de sa fourrure avant de se laisser aller.

Jeremiah pissait le sang en hurlant, les bûches n'avaient pas encore fini de rouler sur le sol que déjà Pierre s'élançait derrière Tíikpuu. Effarée, Célestine le suivit des yeux un instant qui suffit à Élias pour la bousculer, la faire tomber et dégainer son revolver.

Dans un mouvement d'une rapidité et d'une précision qui prit tout le monde de cours, Tim abattit son fusil avec une violence inouïe sur le poignet d'Élias, avant de lui écraser le nez d'un coup de crosse. Au milieu des hurlements, Jack voulut se précipiter, mais déjà Tim braquait son arme sur sa poitrine.

– Toi, tu ne bouges pas ! dit-il en haussant la voix pour couvrir les cris. La prochaine fois, je tire.

Le géant s'immobilisa, hébété, en jetant des regards désemparés vers ses deux acolytes.

– Putain, gueula Élias, tu m'as pété le nez !

Entre deux hoquets de douleur, il se mit à cracher un mélange de sang, de salive et de morve. Célestine s'était relevée et avait ramassé le revolver. Elle vint aux côtés de Tim.

– Partez tous les trois, tout de suite, fit-elle la voix tremblante de colère. Et ne revenez pas.

Jeremiah attrapa un torchon qui séchait au-dessus de la cuisinière et le pressa sur ce qui restait de son oreille.

– C'est bon, on s'en va, siffla-t-il, mais je te jure...

– Ne jure pas, pauvre imbécile, le coupa Tim.

– Venez, insista Jack qui ne tenait plus en place, Beth va vous soigner.

Il prit la lampe que lui tendait Célestine et sortit devant la maison. Les deux autres suivirent. La flamme n'éclairait qu'à quelques pas devant eux. Élias renâcla :

– On y voit comme dans le cul du Diable, comment veux-tu...

– Et ton fils ? Tu y penses au moins ? s'indigna Célestine. Lui aussi, il est dehors, et tout seul... alors si tu crois que je vais m'apitoyer sur trois brutes comme vous !

– Si vous ne traînez pas, vous regagnerez le saloon sans encombre, mais il faut vous dépêcher, croyez-moi ! ajouta Tim.

Élias haussa les épaules et ramassa une poignée de neige qu'il colla sur son nez tuméfié. Jeremiah et Jack s'étaient déjà mis en route, il leur emboîta le pas.

Sur le pas de la porte, Célestine les regarda disparaître dans la nuit. Elle posa sa main sur le bras de Tim et demanda :

– Pierre ?

– Ça ne dépend plus de nous... tu le sais bien...

– Mais que vois-tu ?

Le vieil aveugle repoussa la main de Célestine et baissa la tête.

– J'aurais dû te le dire plus tôt, mais je n'en ai pas eu le courage. Je n'ai plus de visions.

– Depuis quand ?
– Depuis qu'elle est arrivée.
– Tu ne vois vraiment plus rien ?
– La dernière chose que j'ai vue quand elle m'a touché, c'est un coyote. Depuis, je vois toujours la même chose, des taches blanches qui dansent sur un fond noir. D'abord elles ne sont pas nombreuses, et puis elles se multiplient. Quand tout est devenu blanc, ça recommence.
– Tu y comprends quelque chose ?
– Je comprends seulement que des forces puissantes sont à l'œuvre et qu'elles me dépassent.

Il marqua une pause avant de poursuivre plus bas :

– Et je t'avoue que je me sens lâche mais soulagé...

Célestine eut un sursaut :

– Mais alors, tout à l'heure, quand tu as assuré à Élias et aux autres qu'ils pouvaient rentrer au village sans danger...
– J'ai menti, je n'en savais rien.

Une rafale de vent glacé les fit frissonner.

– Et Pierre ? tu ne peux vraiment plus rien pour lui ? Lui envoyer un signal au moins...

Sa voix était devenue si fragile qu'un mot de plus l'eût brisée. Alors pour rassurer sa compagne, Tim leva son fusil et tira vers le ciel.

Le premier de ses sens à se réveiller fut l'odorat. Il avait perdu connaissance dans l'odeur d'une fourrure, il émergeait lentement dans une autre. Une odeur de fauve éteinte, rien à voir avec l'odeur vivante dans laquelle il s'était endormi. C'est du moins la sensation vague qu'il en eut. Il était cependant trop engourdi pour analyser ses perceptions renaissantes. Il respira avec avidité, comme s'il remontait à la surface de l'eau, réchappé de la noyade. L'air qu'il inspira lui parut brûlant, il lui sembla que ses poumons s'embrasaient, pendant qu'on transperçait ses pieds et ses mains. Peut-être était-il en Enfer, dans un fleuve de feu, jouet d'une horde de démons tourmenteurs armés de milliers d'aiguilles. Il ne pensait pourtant pas avoir mérité la Géhenne et s'étonnait du silence qui pesait autour de lui, alors qu'auraient dû retentir les hurlements des damnés. Il prit peu à peu conscience que les seuls gémissements qu'il entendait étaient les siens et se décida à ouvrir les yeux. Au moment où il allait le faire, il sentit qu'un bras ferme passé dans son dos l'aidait à se redresser, pendant qu'on approchait de ses lèvres un récipient d'où montait un fort parfum d'herbes sauvages.

– Bois, lui ordonna Tíikpuu.

Leurs visages se touchaient presque, pourtant il la devinait à peine dans la pénombre. Il avala le breuvage qu'elle lui offrait. C'était tiède et gras, à la fois sucré et légèrement amer. Son corps se couvrit de sueur et une bouffée de chaleur lui fit rejeter la peau d'ours qui le couvrait. La jeune femme s'était assise en tailleur en face de lui.

– Reste enroulé dedans, lui conseilla-t-elle. Ton corps n'a pas fini de se réchauffer. Tu t'en tires bien, tu n'as rien de gelé d'après ce que j'ai pu voir, ajouta-t-elle.

Ce n'est qu'alors qu'il s'aperçut qu'il était nu. Il rougit et ramena la peau d'ours sur lui. Pour tenter de dissimuler sa gêne, il s'empressa de demander :

– Qu'est-ce qui s'est passé ? C'est toi qui m'a amené ici ?

En posant cette dernière question, il regarda l'endroit où ils se trouvaient : apparemment une maison abandonnée, vide de tout meuble, semblait-il. Les volets étaient fermés et pas un rai de lumière ne filtrait entre leurs planches. Le seul éclairage provenait des bougies disposées près d'eux. Il devait faire nuit, mais Pierre avait perdu le fil du temps.

– Je ne pouvais quand même pas te laisser dans la neige.

Comme elle n'ajoutait rien, il hésita un instant, puis continua :

– J'ai rêvé qu'un coyote blanc venait se coucher sur moi pour me réchauffer. C'est la deuxième fois que je le vois en rêve, et à chaque fois, il me sauve...

– Tu as bien de la chance d'avoir un protecteur aussi puissant, se moqua-t-elle.

À l'endroit où était jadis un poêle, Tíikpuu avait enlevé le plancher et, avec les lames arrachées, elle avait allumé un petit feu sur le sol de terre battue. Quelques braises rougeoyaient encore faiblement. Elle se leva et Pierre la vit poser deux morceaux de bois sur le foyer. Des flammes claires s'élevèrent. Elle attendit qu'elles soient assez vigoureuses et que la combustion soit entamée, puis elle y jeta une poignée de terre. Le feu retomba. Avant qu'il ne soit complètement étouffé, elle souffla sur les charbons qui reprirent vie et se mirent à se consumer doucement. Un imperceptible filet de fumée monta par le trou resté béant dans le plafond.

Pierre avait profité de l'éphémère clarté pour se faire une idée plus précise des lieux. C'était bien une demeure abandonnée. Dans un coin, on avait poussé des restes de vaisselle cassée et fait un tas de bouteilles vides, seuls vestiges des anciens occupants. L'endroit lui disait vaguement quelque chose sans qu'il parvienne à l'identifier. Et puis, oubliée à la limite de l'ombre, il aperçut une poupée de chiffon crasseuse. Il se souvint que la petite dernière de Clara avait braillé pendant des jours, inconsolable de l'avoir perdue.

— On est dans l'ancienne maison des Abott ! s'écria-t-il.
— J'aimerais autant que tu ne cries pas comme ça, répondit Tíikpuu plus bas. Personne ne doit se douter qu'on est là.
— Quelle heure est-il ?
— Autour de midi, je pense. Tu as dormi longtemps.

Pierre comprit alors que l'obscurité derrière les volets n'était pas le fait de la nuit, mais de la couche de neige qui recouvrait entièrement la maison, au point de faire oublier sa présence, de la réduire à une énorme congère. Ils étaient tous les deux enfouis au milieu de Little Creek, clandestins au cœur du village dans leur cocon glacé.

– Qu'est-ce que tu fais ici ? Et pourquoi tu ne m'as pas ramené chez Tim et Célestine ? Est-ce qu'ils savent que je vais bien et où nous sommes ?

Les questions se bousculaient maintenant que Pierre reprenait ses esprits et, qu'avec les souvenirs, lui revenait la colère qu'il avait éprouvée la veille.

– Calme-toi ! ordonna-t-elle.

– Que je me calme ? Tu en as de belles ! Tu tires sur les gens dans leur dos et puis tu disparais... Tu me laisses partir à ta poursuite et je manque de mourir gelé...

– Justement ! Tu pourrais commencer par me remercier de t'avoir sauvé la vie, au lieu de t'énerver. Ce n'est quand même pas de ma faute si tu as été assez stupide pour t'aventurer en pleine nuit sous la neige !

Mais Pierre s'était levé, enveloppé dans sa peau d'ours. Près du foyer, il avait vu ses vêtements en train de sécher. Il tourna le dos à la jeune femme et commença à enfiler son pantalon. L'étoffe était froide et encore humide, la sensation désagréable. Il rétorqua :

– C'est vrai et je devrais aussi te remercier d'avoir voulu tuer mon père...

En boutonnant sa chemise, il fit volte-face et la regarda dans les yeux :

– Parce que si je n'étais pas arrivé, tu les aurais tués tous les trois, n'est-ce pas ?

Il n'y avait pas le moindre doute dans le ton sur lequel Pierre posa la question. Tíikpuu soutint son regard puis ses traits se relâchèrent au point qu'un instant, elle sembla fragile. Elle se ressaisit aussitôt et se raidit de nouveau :

– Oui, je les aurais tués, fit-elle avec défi, mais ce n'est que partie remise ! De toute façon, il était trop tôt.

De nouveau, elle n'était que fierté et détermination et il ne put s'empêcher de l'admirer dans sa tenue de guerrière indienne. Ses prunelles étaient plus brillantes que les flammes des bougies et Pierre se plut à croire que c'étaient elles qui éclairaient la pièce. Elles l'attiraient comme le papillon la chandelle. Son cœur se gonfla un moment à la pensée qu'il était seul avec elle dans cette bulle de neige, hors du temps et de l'espace et il s'imagina... mais lui aussi était fier et il se révolta contre ce qu'il éprouvait pour elle.

– Je soupçonne Tim d'en savoir plus qu'il veut bien le dire, fit-il. Mais avec moi, il va falloir que tu t'expliques. Dis-moi pourquoi je ne devrais pas aller prévenir mon père et les autres que tu es ici ?

– Parce qu'ils n'attendent que ça pour me tuer.

– Tu dis n'importe quoi ! Ce n'est pas pour les défendre, ce sont des brutes, mon père le premier, mais je ne vois pas pourquoi ils voudraient te faire du mal...

– Tu ne sais pas ce qu'ils ont dit pendant que tu étais parti chercher du bois. Ça ne sert à rien que je te le répète, tu as décidé de ne pas me croire... mais tu peux demander à Célestine, tu la croiras peut-être, elle. Tu as entendu Tim me crier de m'enfuir, il devait bien avoir une bonne raison pour ça.

Pierre demeura silencieux, ébranlé par ces propos. Il s'assit près du foyer dont les braises suffisaient à tiédir l'air alentour. La maison enneigée se comportait comme un grand iglou.

– Tu n'as pas peur que la fumée attire l'attention dehors ? demanda-t-il.

C'était une main tendue pour reprendre la discussion de manière plus apaisée. Tíikpuu ne s'y trompa pas. Elle vint le rejoindre près du feu.

— Ça ne risque rien, il ne fume pas beaucoup et dehors il y a un brouillard à couper au couteau. Tu verras quand tu sortiras.

— Pourquoi tout à l'heure, tu as dit qu'il était trop tôt pour les tuer ?

Il avait posé sa dernière question sur le même ton détaché que la précédente, en continuant à fixer les charbons rougeoyants. Elle lui répondit tout aussi simplement :

— Parce que je n'ai pas encore toutes les réponses que je suis venue chercher.

— Sur ton père ?

— Sur mon père et sur ma mère.

— Tim et Célestine t'ont dit ce qu'ils savaient.

— Et tu les crois ?

L'ironie amère qui perçait dans la voix de la jeune femme lui fit relever la tête et chercher son regard.

— Pas toi ? Ils n'ont aucune raison de te mentir.

— Peut-être... mais je ne crois pas que les choses se sont passées comme ils les ont racontées.

— Mais ce vieil Indien dont tu m'as parlé... il aurait pu...

Tíikpuu se dressa d'un bond, flamboyante de colère.

— Tais-toi ! Tu ne sais pas de quoi tu parles. C'est bien une réaction de petit blanc... les Peaux-Rouges sont des sauvages, n'est-ce pas ? du moment qu'il y a un Indien dans les parages, inutile d'aller chercher plus loin... c'est forcément lui le coupable… c'est tellement plus simple ! C'est tellement plus rassurant…

Elle reprit son souffle et haussa les épaules :

— Enfin, j'imagine qu'il y a des choses que tu ne peux pas comprendre.

Elle lui tourna le dos, sortit du cercle vacillant de lumière et s'enfonça dans l'obscurité. Pierre ne s'était pas laissé désarçonner par sa violence, il s'y attendait en réalité.

— Je ne demande pas mieux que d'essayer, plaida-t-il, sans savoir vers quel recoin enténébré de la pièce diriger sa voix. Il suffit que tu veuilles bien m'expliquer.

Lorsqu'elle réapparut, elle tenait la poupée oubliée. Sans un mot, elle reprit sa place près du foyer. Ses mains jouaient avec la misérable épave de chiffons. Elle lissa la robe déchirée, passa ses doigts entre les cheveux de laine autrefois jaunes pour les démêler, puis elle se mit à les tresser. Alors seulement, elle parla, sans véhémence cette fois, comme à la poupée ou à elle-même.

— Le Fils de l'Ours n'a rien à voir avec la mort de mon père. Il a sauvé ma mère et s'est occupé d'elle, puis de moi. Jamais il n'a profité de sa faiblesse, ni de sa folie.

Elle marqua une pause pour prendre le temps de faire revivre les images enfuies, puis continua :

— J'ai vécu dix-sept ans à ses côtés, c'était un homme sage et bon.

Pierre rappela sa présence :

— Mais que faisait-il, tout seul, dans la forêt ? Pourquoi n'était-il pas dans sa tribu ?

Elle assit la poupée près du feu, bien calée entre deux pierres, puis son regard retrouva son éclat de dureté en se fixant sur Pierre.

— Tu n'as jamais entendu parler de la Longue Poursuite des Nimíipuu, petit blanc ? demanda-t-elle avec une pointe d'arrogance.

— Si, fit Pierre en choisissant d'ignorer le mépris de ses derniers mots, Tim m'a raconté cette histoire.

— Bien, alors tu sais qu'après la bataille de Bear's Paw, certains guerriers ont refusé de retourner dans la réserve où les tiens voulaient les parquer. Ils se sont enfuis au Canada. Le Fils de l'Ours était du nombre, mais lui s'est arrêté un peu avant la frontière. Son destin n'était pas de suivre ses frères jusqu'au bout, les esprits en avaient décidé autrement. Il s'est installé à deux jours de marche d'ici, sur l'autre versant du Pic Noir.

— Sur l'autre versant du Pic Noir ! et pas un coureur des bois ne vous a trouvés pendant tout ce temps ! s'exclama Pierre. Ce n'est pas possible !

— Un Indien qui ne veut pas être vu sait très bien se rendre invisible, crois-moi.

Dans le silence qui s'installa, Pierre essaya d'imaginer ce qu'avait pu être la vie de Tíikpuu, au milieu de la nature sauvage, entre un vieil Indien et une mère démente.

— Je veux bien te croire, concéda-t-il, mais pourquoi t'en prendre à Jeremiah, à Jack et à mon père ?

Dans le foyer, le feu semblait mort. Les charbons avaient noirci. Tíikpuu prit un morceau de bois et les remua délicatement, leur apportant un souffle d'air. Sous la cendre, les braises rougirent aussitôt, prêtes à s'enflammer de nouveau.

– Je t'ai dit que ma mère ne parlait pas. Elle me lisait la Bible, chantait toujours la même chanson d'amour et passait des heures à se balancer en répétant trois noms, toujours les mêmes... Devine lesquels ?

Il ne neigeait plus. Le soleil transparaissait derrière un voile de nuages clairs. Même ainsi, il brûlait le regard et Célestine eut beau baisser les yeux rapidement, sa forme resta un moment imprimée en négatif sur sa rétine. Sur le pas de sa porte, elle se passa la langue sur les lèvres. L'air lui sembla moins glacial, le vent avait cessé de souffler. Elle resserra pourtant son manteau, enfonça son bonnet sur les oreilles et prit la direction du village. Les rafales de la nuit précédente avaient remodelé le paysage, roulant les congères, aplanissant des dunes de neige, en faisant surgir d'autres un peu plus loin. Comme si, chaque nuit, un démiurge fantasque et cruel s'amusait à recréer le monde. En lisière de forêt, les branches, secouées par les bourrasques, retrouvaient le vert des aiguilles ou le gris-brun des bois nus, couleurs oubliées dans une succession de jours uniformément blancs.

Célestine repensa à ce matin où elle avait vu deux ours se poursuivre. Il n'y avait pas si longtemps et pourtant… elle se sentait vieillie, brutalement. Pour la première fois, elle douta de ses forces. Le printemps paraissait bien loin, mais elle n'avait pas le droit de lâcher prise. Il serait temps de se reposer plus tard, quand tout serait fini.

Elle constata que la voie était plutôt dégagée. En lui balayant le chemin, les vents nocturnes lui avaient finalement été propices. Elle reprit courage et accéléra sa marche, se reprochant son moment de faiblesse. Elle se concentra sur son but... mais quel but ? Sa vue s'était brouillée : à l'endroit où elle aurait dû apercevoir les premières maisons, elle n'y voyait que du gris. Le ciel semblait être descendu jusqu'à terre, gommant à la fois l'horizon et Little Creek, dont il ne restait plus trace. Elle plissa les yeux sans réussir à affiner sa vision. Intriguée, elle se hâta un peu plus pour s'arrêter à un jet de pierre du village, toujours invisible. Là, un banc de brouillard coupait l'espace comme une immense muraille. D'une densité étouffante, il se dressait abruptement, sans qu'aucune écharpe de brume n'ait auparavant préparé sa présence. Célestine vint se placer tout près, la pointe de ses pieds touchant la base du mur vaporeux. Prudemment, elle avança sa main droite, presque surprise de ne pas rencontrer de résistance, puis enfonça son avant-bras. Même d'aussi près, le brouillard était impénétrable. Son bras ne ressemblait plus qu'à un moignon amputé au niveau de coude. Elle inspira profondément, bloqua sa respiration et franchit le seuil de la grisaille. Aussitôt, elle fut enveloppée de milliers de gouttelettes givrées qu'elle avala lorsqu'elle reprit son souffle. Le froid envahit sa bouche, puis tout son corps, jusqu'à la moelle de ses os qu'elle sentit se glacer. Dans le village, les rayons du soleil, amortis par l'épaisseur ouatée s'épuisaient en une lumière crépusculaire, traversée par de vagues silhouettes aussitôt abolies. Il régnait une atmosphère étrange. Le brouillard effaçait toutes les aspérités dans une fausse sensation de douceur et une emprise oppressante. Célestine remontait la rue principale, longeant au plus près les maisons, laissant de temps à autre courir ses doigts sur les façades pour être certaine de marcher droit. Des éclats de voix tentaient parfois de déchirer le bâillon de la brume, mais, si aigus fussent-ils, ils étaient absorbés et ne parvenaient qu'émoussés aux oreilles de Célestine. Devant chez Sam, le silence était total.

Elle poussa la porte du saloon, jeta un coup d'œil dans la salle, renifla avec mépris, comme dans les moments de grande colère, et repartit.

À l'intérieur, Jeremiah, Jack et Élias, attablés à leur place coutumière, n'eurent pas le temps de réagir. Ce n'est qu'après que la porte se fut refermée que Jeremiah cracha un long jet de chique noire dans sa direction.

— Jeremiah ! tu n'es qu'un porc ! s'emporta Annah en pure perte.

L'autre ne releva même pas l'invective. Il se mit à beugler dans le vide en brandissant le poing.

— Espèce de vieille folle ! C'est ça, tire-toi, ça vaut mieux pour toi ! Tu ne perds rien pour attendre… quand on aura retrouvé la sauvage, on vous brûlera toutes les deux !

Il écumait de rage. À la place de son oreille déchiquetée, son bandage s'auréolait de brun et de jaune sale. Il finit par se lever, attraper son verre et le jeter contre la porte où il explosa, sans pourtant réveiller Charlie Abott affalé avec sa bouteille dans un fauteuil à bascule. De dépit, Annah fit claquer son torchon sur sa cuisse :

— Et voilà ! Et qui c'est qui va ramasser tout ça, hein ?

— Ta gueule, morue ! lui renvoya Jeremiah.

— Bon, ça suffit maintenant vos conneries, intervint Sam en posant lourdement son fusil sur le zinc. Vous continuez à picoler tranquillement ou vous videz les lieux.

Élias tira profit du conseil. Pendant toute la scène, il n'avait pas levé les yeux de son verre. Il l'avala d'un trait, le remplit de nouveau à ras bord, avant d'y replonger son nez à l'apparence d'une courge violacée. Jack lui-même se resservit.

— Voilà… c'est comme ça qu'on vous aime, fit Sam. Annah, va porter un autre verre à Jeremiah et sers-le, ça va peut-être le calmer.

Jeremiah ne pipa mot et se laissa retomber sur sa chaise avec une grimace de douleur. Sam était plutôt du genre bonne pâte, mais quand il sortait des arguments de ce calibre de sous le comptoir, mieux valait ne pas le contrarier.

Célestine pour sa part avait continué sa route, rassurée. Comme elle s'y attendait, Bigfoot était bien au saloon avec les deux autres. Et connaissant leur consommation de whiskey, elle était prête à parier qu'ils auraient sous peu l'esprit aussi embrumé que les rues. En tout cas, elle avait le champ libre pour avoir une discussion entre quatre-z-yeux avec Beth.

La forge était au bout du village, séparée du saloon par des maisons abandonnées. Elle s'attendait à ne croiser personne jusque là-bas. Pourtant, elle sentait des souffles dans son cou, d'invisibles battements d'ailes qui la faisaient frissonner. Des ombres semblaient glisser devant elle, comme flottant dans une eau sombre et glauque, puis s'évanouissaient. Célestine s'efforçait de les ignorer et elle parvint enfin devant chez Jack.

Quand elle entra sans frapper, Beth sursauta, prise en flagrant délit de gourmandise solitaire.

– Regardez-moi cette vieille chatte en train de se pourlécher ! fit Célestine.

Beth n'était pas femme à se laisser désarçonner pour si peu. La première surprise passée, elle haussa les épaules, referma le pot de confiture qu'elle avait largement entamé et le rangea dans le placard. Quand on connaissait la sécheresse de Beth et la rugosité de Jack, leur intérieur avait de quoi surprendre. Ce n'étaient que fanfreluches et napperons, rideaux au crochet, coussins brodés et moelleux, châles tricotés aux couleurs vives. Célestine, qui malgré les années passées à Little Creek n'avait jamais eu l'occasion d'entrer chez eux, n'en revenait pas, même si, évidemment, elle se garda bien de le montrer. Elle tenta d'imaginer Bigfoot au milieu de toutes ces délicatesses et, malgré les circonstances, dut retenir le sourire qui lui montait aux lèvres. Beth lécha soigneusement la cuillère à confiture en toisant Célestine d'un air de défi, puis lança :

– Tu n'es pas la bienvenue ici.

– Sans blague ? Et tu crois vraiment que j'en ai quelque chose à faire ? Tu crois qu'ils étaient les bienvenus, les trois abrutis qui ont forcé ma porte hier soir ?

– Élias l'a payé assez cher, il me semble ! Et Jeremiah a failli y laisser sa peau.

Des caractères trempés comme ces deux-là ne pouvaient pas se frotter sans que ne jaillissent des étincelles. Dans l'étable qui jouxtait l'habitation, les chevaux se mirent à s'agiter en entendant les voix monter.

— Ils l'ont bien cherché... Mais bon sang ! Qu'est-ce que vous avez contre cette gamine ? Et quelle niaiserie tu es allée fourrer dans la tête de ton nigaud de bonhomme ?

— Arrête de nous prendre tous pour des idiots, Célestine, mon nigaud de bonhomme, comme tu dis, l'a vue sur la tombe de Wilson. Alors, tu peux me dire ce qu'elle cherche ?

— Qu'est-ce que ça peut te faire ? Tu as peur de ce qu'elle pourrait trouver ?

Beth haussa les épaules, alla vers la paillasse où attendait un lapin mort. Elle prit le corps flaccide et le soupesa, le faisant passer d'une main dans l'autre avec une moue ennuyée, avant de répondre :

— Moi, je n'ai peur de rien du tout. Je suis curieuse, c'est tout.

Elle reposa l'animal, saisit un couteau de chasse qui pendait à côté, accroché à un clou et pinça la peau au milieu du dos de la bête pour la décoller. Elle l'entailla d'un geste précis.

— Et c'est pour ça que tu as dit à Jack de se débarrasser d'elle, riposta Célestine qui vint se placer derrière elle.

Beth eut un mouvement d'agacement. Elle glissa deux doigts de chaque main dans la boutonnière qu'elle venait d'ouvrir au milieu de la fourrure et tira d'un coup sec et nerveux. La peau s'ouvrit dans un bruit désagréable de tissu déchiré et le corps du lapin déballa sa fragile nudité, satinée, d'un rose pâle délicat. Sans lâcher sa prise, elle accentua sa traction avec un mouvement de torsion et finit de dépouiller l'avant, en encapuchonnant la tête dans la peau retournée. Puis elle s'attaqua à l'arrière du corps, s'arrêtant avant le bout des pattes. Alors seulement, elle se tourna à demi vers Célestine et dit posément :

— C'est faux, il a mal compris.
— Décidément, c'est pratique d'avoir épousé un imbécile… on lui fait faire n'importe quoi et si ça tourne mal, c'est de sa faute parce qu'il a compris de travers ! Qu'est-ce que tu caches comme sales petits secrets ?
— Écoute, s'énerva Beth en attrapant un hachoir qu'elle agita sous le nez de Célestine. Je ne suis pas loin de croire que Jack a raison finalement quand il dit qu'il se passe des choses bizarres depuis qu'elle est arrivée…

Elle se détourna et le hachoir s'abattit quatre fois, tranchant net l'extrémité des pattes. À l'aide d'un petit couteau fin, Beth enleva la queue, dernier vestige de fourrure s'attachant à la chair mise à nue. Tout était accompli de manière machinale, pourtant Célestine grimaça en surprenant le rictus qui releva le coin des lèvres de Beth, lorsqu'elle enfonça la pointe de la lame entre les vertèbres pour couper la tête de l'animal.

— L'autre nuit cette tempête infernale et maintenant cette purée de poix comme on n'en a jamais vu…
— Foutaises ! coupa Célestine en s'arrachant à la contemplation du lapin.

Cette fois, Beth abandonna la dépouille, s'essuya les mains dans son tablier et fit face à visiteuse, les bras croisés sur la poitrine, sûre de son fait :

— Foutaises, peut-être, n'empêche… tu peux penser ce que tu veux, mais j'ai compté : ça fait dix-sept ans que Wilson est mort et que sa femme a disparu, et voilà que débarque une gamine d'à peu près cet âge-là et bien trop blonde pour une indienne…

— Et alors ? Qu'est-ce que ça prouve ?

— Peut-être rien, mais ce qui est sûr, c'est que personne n'a intérêt à remuer les vieilles histoires. Pas même toi. Tu peux bien prendre tes grands airs, mais tu n'es pas la mieux placée pour nous donner des leçons.

— Qu'est-ce que tu veux dire ? rugit Célestine, furieuse, en frappant du poing sur la table.

De l'autre côté de la cloison, un cheval hennit longuement. Beth savoura sa victoire avant de répondre en suçant chaque mot comme un bonbon acidulé :

— Moi, rien… tu n'as qu'à demander à ton cher Tim de t'expliquer, s'il veut bien te dire toute la vérité.

Le coup de pied de l'âne prit Célestine au dépourvu. Elle rétorqua néanmoins du tac au tac :

— Ne va pas mêler Tim à tout ça pour essayer de t'en sortir, il n'a rien à voir avec ton abruti de mari, ni avec les bons à rien qui traînent avec lui. Et je te préviens, rajouta-t-elle, s'il arrive quelque chose à la gamine ou à Pierre, je t'en tiendrai responsable au même titre que les autres.

Sans laisser à Beth le temps de répliquer, elle lui tourna le dos et sortit en faisant claquer la porte derrière elle. Beth prit une serpillière et essuya les flaques de neige fondue que Célestine avait laissées derrière elle, puis retourna à la paillasse. Elle s'empara de nouveau du lapin un moment abandonné, lui incisa le ventre et commença à le vider de ses entrailles, le front barré de trois rides soucieuses.

Dehors, Célestine fut de nouveau saisie par le froid humide. Des larmes de colère se formèrent au coin de ses yeux. Elle se sentait tellement impuissante. Ce matin, cette visite à Beth lui avait paru une bonne idée, en fait, tout ce qui lui évitait de penser à la disparition de Pierre lui aurait paru une bonne idée. Elle fit quelques pas dans le brouillard, sans être bien certaine de la direction qu'elle avait prise. Et Tim dont les visions s'étaient taries ne serait plus d'aucun secours pour déjouer les pièges du destin. Était-ce de cela dont Beth voulait parler tout à l'heure ? Se pouvait-il qu'elle soit au courant et s'en soit moquée avec méchanceté ? Mais comment aurait-elle déjà pu savoir ce que Célestine elle-même n'avait appris que la veille au soir ? Que sous-entendait-elle alors ? L'air saturé d'eau glaciale rendait sa respiration pénible et serrait douloureusement sa poitrine. Sans repère auquel accrocher son regard, elle chancela et sentit son équilibre lui échapper. Émergeant du brouillard, une grande forme sombre venait dans sa direction. C'était donc ainsi que les choses se passaient, pensa-t-elle en fermant les yeux.

Ce n'est que lorsqu'il la serra contre lui qu'elle reconnut Pierre. Il lui prit le bras.

– Viens, dit-il doucement, je te raccompagne à la maison.

Les larmes de Célestine, cette fois, coulaient de soulagement.

Célestine tendit le bol de bouillon encore à moitié plein à Pierre.

– Bois-en encore un peu, supplia-t-il, tu dois reprendre des forces. Tu nous as fait peur, tu sais ?

– Et toi ? Tu ne m'as pas fait peur en disparaissant en pleine nuit dans la tempête ? fit-elle avec un geste d'agacement en se dégageant de l'empilement de couvertures qui la couvrait dans son fauteuil. Tim avait suralimenté le feu en enfournant bûche sur bûche dans la gueule ardente du poêle.

Quelques heures plus tôt, c'est Tíikpuu qui avait envoyé Pierre à la rencontre de Célestine, lui enjoignant de se hâter. Il était arrivé juste à temps près de la forge pour l'empêcher de s'effondrer au milieu de la rue et l'avait ramenée à la maison dans un état de faiblesse extrême. Tim et lui avaient tout fait pour la réchauffer et, peu à peu, les douleurs qui lui broyaient la poitrine s'étaient apaisées et sa respiration s'était libérée. Ses traits pourtant restaient marqués, ses yeux creusés s'ombraient d'un gris d'autant plus profond que son teint était pâle. Pierre regardait la vieille femme avec une tendresse inquiète, il caressa doucement ses cheveux blancs. De crainte de se laisser déborder par l'émotion, Célestine rua dans les brancards.

– Mais bon sang, mon garçon, dis à Tim d'arrêter de charger le poêle comme ça ! Vous allez finir par me cuire comme une vieille pomme !

Pierre sourit :

– Tu l'entends, Tim ? C'est vrai qu'on dirait qu'elle va mieux, elle recommence à rouspéter.

Assis à la table, Tim vida le bol de bouillon que Pierre venait d'y poser, puis reprit une sculpture dont la forme était encore indéfinissable.

– Oui ? et bien on en reparlera demain après une bonne nuit de repos. D'ici là, ajouta-t-il en direction de Célestine, tu ne bouges pas de ton fauteuil. On ne sait pas dans combien de temps on pourra aller à Helena pour voir un médecin...

– Un médecin, et puis quoi encore ! protesta Célestine. Pourquoi pas le pasteur, tant que vous y êtes ?

– Tim a raison, fit Pierre, tu vas mieux, mais ça avait l'air grave et tu ne t'en tireras pas aussi bien si tu nous fais une nouvelle crise.

Pour toute réponse, Célestine soupira bruyamment, ce qui pouvait être interprété comme une reddition provisoire.

Ils se serraient tous les trois autour du foyer, pour faire bloc face à l'adversité qui croulait sur eux comme la neige croule de la branche qu'un choc vient d'ébranler. Dehors, la nuit était tombée depuis longtemps. Elle était claire. Une longue plainte monta des bois, reprise en échos sinistres. Pierre s'éloigna de Célestine et s'approcha de la fenêtre. De la manche, il essuya la buée pour voir des ombres fantomatiques se suivre à la lisière de la forêt. La dernière silhouette s'arrêta un instant, comme si elle avait senti le poids d'un regard sur son échine, puis elle se tourna vers la maison. Dans la clarté des étoiles, le regard phosphora puis s'éteignit : le loup avait repris sa course claudicante et rejoint la file de ses congénères.

— La faim les fait sortir. Ils ne craignent plus les hommes, dit Pierre. Il va falloir se méfier, ils pourraient attaquer des enfants au bord du village.

— Je ne pense pas que ce soit la faim qui les pousse, répondit Tim en caressant l'ébauche qui prenait lentement forme entre ses mains.

— Quoi alors ? demanda Célestine.

— La colère...

Voilà un moment que Célestine mordait sa lèvre inférieure, comme pour empêcher de sortir les mots qu'elle ruminait depuis sa visite chez Beth. À force pourtant de les remâcher, sa bouche avait pris le goût amer de la bile noire. Ce qui est dit est dit, aimait-elle parfois à répéter parmi ses autres sentences, et ce qui est fait est fait. Elle savait donc silence garder, quand elle pressentait qu'un mot pourrait avoir de fâcheuses conséquences. Pourtant, pour elle, se taire maintenant c'était prendre le risque que l'amertume et les remords ne finissent par empoisonner leur existence.

— Tu parles toujours par énigme, Tim, mais aujourd'hui trop de choses ont changé...

Le couteau dérapa. Tim porta à sa bouche son pouce gauche ensanglanté et, du mouchoir qu'il tira de sa poche, se fit une poupée.

— Alors nous en sommes là, n'est-ce pas ?
— J'en ai bien peur, oui.

Elle avait dit cela calmement, la première colère digérée en résignation, et sa voix était pleine d'une vieille douceur fatiguée, enveloppante comme un vêtement longtemps porté mais toujours chaud. Pour la première fois, Tim regretta de ne plus voir au-delà des apparences. Il aurait voulu être certain que Célestine serait toujours à ses côtés lorsqu'elle saurait tout. Il se taisait, indécis, jouant nerveusement avec un coin du mouchoir qui se teintait de rouge. Ce fut elle alors qui sembla lire dans ses pensées, lorsqu'elle poursuivit :

— De quoi as-tu peur, pauvre idiot ? J'en ai assez vu pour faire la part des choses... Ce qui compte, ce n'est pas les faiblesses qu'on a, c'est la manière dont on fait avec... et pour ça, toi et moi, on s'est toujours débrouillé... et on continuera pour le peu de temps qui nous reste, à condition que tout soit clair entre nous...

Debout près de la fenêtre, Pierre observait ces deux rescapés qui l'avaient entouré, aimé et aidé à grandir du mieux qu'ils avaient pu, avec toute la force et la fragilité de leur humanité. Il pensa au Fils de l'Ours et mesura enfin la perte qu'avait pu éprouver Tíikpuu à sa mort. Il pensa à Élias et Mia et reconnut que les noms de père et de mère ne signifiaient rien. Le premier ne lui avait offert que mutisme et violence, la seconde, le seul sentiment de l'absence. Il accepta enfin de ne rien leur devoir et la douleur de cette délivrance lui fit monter les larmes aux yeux. À moins que ce ne fût le spectacle de Tim et Célestine qui avaient joint leurs mains tavelées et tremblantes. Tim alors parla.

Ce jour-là, il était passé chez Sam, prendre deux ou trois bricoles et un manche de pioche pour remplacer celui qu'il venait de casser. Il avait trouvé une faille dans la montagne et espérait qu'elle déboucherait sur un filon. Le temps que Sam aille chercher ce qu'il lui avait demandé, il resta accoudé au comptoir. À la table derrière lui, le ton montait, porté par la frustration et l'envie. Élias, Jack et Jeremiah se partageaient une bouteille de tord-boyau. La fin de l'été que l'on sentait proche rendait les hommes nerveux. Bientôt l'automne serait là... et derrière lui, l'hiver, avant qu'on ait eu le temps de dire ouf, mettrait un terme glacial à la saison de prospection. Il faudrait attendre de longs mois avant de reprendre le chemin de la montagne ou de replonger la batée dans les eaux de la rivière. Et pendant tous ces jours vides, seulement occupés à tuer le temps et un peu de gibier, le découragement rongerait les esprits et continuerait de ternir les rêves autrefois brillants. Élias ne décolérait pas. Il était persuadé que Matthew Wilson connaissait l'emplacement de la mine d'or des anciennes légendes indiennes : il n'y avait que ça qui avait pu le pousser jusqu'à Little Creek. Il raconta pour la centième fois peut-être le récit qui se transmettait comme la vérole dans tous les bouges d'Helena et de Missoula. Jeremiah suggéra que Matthew possédait sûrement une carte, dénichée dans un de ces bouquins qui remplissaient ses malles, ces maudites malles qui leur avaient brisé les reins lorsqu'ils les avaient portées. Bigfoot proposa de le secouer un peu pour qu'il dise où il avait caché la carte et pour qu'il accepte de partager ses profits. Ce serait une forme de dédommagement pour l'aide qu'ils avaient apporté à son installation. Et puis, si le gisement des Indiens était tel qu'on le prétendait, il y aurait assez pour tous. Les deux autres approuvèrent l'idée d'aller faire parler Matthew. Pour ce qui était du partage, on pourrait toujours en reparler le moment venu... Une rasade de whiskey scella le pacte.

Sur le coup, Tim n'avait guère prêté attention aux propos des trois hommes. Mieux que la mine fantôme des Indiens, il avait son propre filon. L'idée de les dissuader d'aller secouer Matthew l'avait un instant effleuré. Par égoïsme autant que par principe, il désapprouvait la violence, mais il était pressé de retourner sur son chantier. Et puis, il ne tenait pas à parler de sa découverte, pas avant de savoir si elle en valait la peine, il fallait donc mieux éviter les conversations de saloon. Il avait ramassé ce qu'il était venu chercher et était parti. Ce n'est qu'en rentrant le soir, lorsqu'il apprit l'incendie de la maison des Wilson, qu'il repensa à la conversation surprise chez Sam. Comme le sommeil le fuyait, il avait passé la nuit à tenter de se persuader que ce n'était qu'une coïncidence, d'autant plus que Jeremiah et Élias avaient raconté à qui voulait bien l'entendre comment ils étaient arrivés sur place parmi les premiers et avaient tout fait pour éteindre le feu. À les croire, ils aidaient Jack à la forge quand ils avaient senti la fumée. Beth ne les quittait pas d'une semelle et confirmait avec une profusion de détails : c'était même elle qui était venue les avertir, alors qu'ils étaient en train de changer les fers de la jument de Jeremiah. Le lendemain matin, Tim était avec les autres sur place pour chercher les corps dans les cendres fumantes. Il ne l'aurait pas juré, mais lorsqu'on ne retrouva qu'un seul cadavre, celui de Matthew, il lui sembla voir un éclat d'effroi dans le regard de Jack. Jeremiah avait attrapé le colosse sans lui laisser le temps de réagir et, avant tout le monde, ils étaient déjà en selle, partant en éclaireurs à la recherche de Leonora Wilson. Perplexe, Tim les regardait disparaître dans la forêt, quand il sentit deux mains se refermer durement sur ses épaules. Élias ne le laissa pas se retourner et l'attira contre sa poitrine. Les mots qu'il lui glissa dans l'oreille, Tim s'en souvenait encore :

— J'aime pas trop tes manières de fouineur, mon gars. Occupe-toi donc de tes affaires, ou alors on pourrait bien s'occuper des tiennes, nous aussi.

L'autre relâcha son étreinte et d'une bourrade, il le projeta quelques pas en avant. Tim trébucha et ses genoux touchèrent terre. Lorsqu'il se releva, Élias s'éloignait déjà pour rejoindre les villageois qui tentaient encore de sauver quelques vestiges de l'incendie.

— À cette époque, poursuivit Tim, Élias conservait encore une certaine autorité à Little Creek. Tout le monde n'avait pas fait le deuil de ses rêves et on respectait en lui l'un des fondateurs de la ville où l'on allait enfin devenir riche. J'ai été lâche, j'ai tourné les talons et je suis reparti dans ma mine… le lendemain, il y a eu cet accident.

Célestine soupira. Elle dénoua ses mains de celle de son vieux compagnon et lui caressa maladroitement le visage. Ses doigts essuyèrent les larmes qui coulaient de ses yeux morts.

Pierre avait enfilé son manteau en silence. Tim avait perçu ses mouvements et s'en inquiéta.

— Où vas-tu, mon garçon ?
— Je crois que Tíikpuu a le droit de savoir tout ça. Tu aurais dû lui dire quand elle vous a demandé de lui parler de ses parents. Au lieu de ça, tu lui as raconté de vieux mensonges…

Les mots étaient dits sans animosité, mais la tristesse qu'ils charriaient vint noyer le cœur de Tim.

— Ce n'étaient pas vraiment des mensonges, tenta Célestine sans vraiment y croire. Et puis, cette histoire n'est pas la tienne, tu n'étais même pas né !

— Laisse, il a raison, reprit Tim dans un souffle. Il fait ce qu'il pense juste et c'est très bien comme ça.

Lorsque Pierre ouvre la porte, le vent entre et les prend à la gorge, gelant les dernières paroles. Dehors, un glapissement tout proche et une fine silhouette s'enfuit à quatre pattes, baignée de la lumière argentée de la lune. Pierre ne perd plus un instant, il poursuit les traces délicates dans la neige.

La colère, la tristesse et le doute se partageaient le désordre de son cœur alors que Pierre avançait à travers la nuit. Assailli par des vagues d'émotions qui battaient en brèche des sentiments qu'il avait crus inébranlables, il ne savait plus que croire. La lâcheté de Tim le révoltait, pourtant l'affection qu'il lui portait, ainsi qu'à Célestine, l'inclinait au pardon.

Les bois sombres craquaient sinistrement à ses côtés, le grand hibou l'accompagnait de son cri funèbre, mais rien ne parvenait à le distraire des pensées contradictoires qui s'agitaient en lui. Il pistait les empreintes du coyote. Il le protégerait une fois de plus et le guiderait jusqu'à Tíikpuu. Pourtant, plus il avançait, plus il en venait à se demander si son premier mouvement était le bon. Dans la noirceur de l'éther, les étoiles palpitaient, fragiles dans les lointains, à la merci d'un souffle de vent qui les moucherait comme des chandelles. De fait, des rafales surgirent du néant, chassant devant elles de sombres nuages en panique. Ils masquèrent la lumière des astres, alors que Pierre atteignait la muraille grise où s'enfermait Little Creek.

Il aurait tout aussi bien pu marcher les yeux fermés dans cette nuit où les ténèbres s'épaississaient de brume. De temps en temps, un glapissement discret le rassurait sur la voie qu'il suivait. Lorsqu'il dépassa l'ancienne maison des Abott, un jappement plus appuyé résonna avec impatience dans son dos. Pierre l'ignora et continua à remonter la rue principale. En approchant du centre, les rues noyées de brouillard s'éclairaient d'une luminosité étrange, d'une fluorescence maladive. Comme des milliards de minuscules miroirs, les gouttelettes se renvoyaient à l'infini l'éclat des lampes qui brillaient encore aux carreaux. Tous les dix pas environ, au ras du sol, une forme souple dépassait Pierre, faisait demi-tour, disparaissait puis recommençait le même manège fébrile.

– Plus tard, finit par chuchoter le jeune homme à l'ombre inquiète, je la rejoindrai plus tard. Mais d'abord, j'ai des questions à poser à mon père.

La silhouette sembla se dissoudre dans une faible plainte. Pierre était arrivé devant le saloon, où il pensait trouver Élias. Sam était en train de fermer.

– Si tu cherches ton père, il n'est plus là… je l'ai mis dehors, il y a peut-être dix minutes, pendant qu'il pouvait encore mettre un pied devant l'autre…

En approchant de chez lui, Pierre sentait sa bouche devenir sèche. Malgré toute sa détermination, il redoutait la confrontation à venir et espérait qu'Élias serait encore assez lucide pour lui répondre. Sur le pas de la porte, il hésita à frapper. Il n'était pas revenu depuis cette autre nuit où il avait affronté son père, des semaines plus tôt, avant de se réfugier définitivement chez Tim et Célestine. Il se sentait étranger au seuil de cette maison où il avait passé la plus grande partie de son enfance. La nécessité d'en finir et l'envie de retrouver Tíikpuu furent plus fortes que la crainte que lui inspirait Élias. Sans prévenir, il poussa la porte et entra.

Tout d'abord, il ne distingua rien dans l'obscurité qui semblait seule habiter la pièce. Il avança vers l'endroit où il savait trouver la lampe à pétrole. Lorsqu'il entendit un bruit derrière lui, il était déjà trop tard. Le coup de crosse qu'il reçut derrière la tête le projeta au sol, étourdi. Il se mit à genoux en se frottant le crâne et sentit ses doigts poisser dans ses cheveux. Il entendit une respiration forte et ce qui lui sembla être un chapelet de jurons marmonnés à mi-voix. Une allumette fut maladroitement grattée à plusieurs reprises avant de s'enflammer. La lumière d'abord faible révéla le visage d'Élias, creusé sous la barbe qu'il n'entretenait plus, et ses yeux caves veinés de rouge. Puis, comme la flamme grandissait, la lampe éclaira comme à regret la salle à l'abandon. Des bouteilles gisaient un peu partout, des boîtes de conserves à demi vidées pourrissaient lentement sur le poêle éteint. Le lit défait déversait ses draps sales comme une charogne ses entrailles. Seul le froid, durablement installé dans la demeure, permettait à l'air de rester respirable.

À genoux, Pierre s'apprêtait à se redresser quand la voix menaçante de son père l'immobilisa :

– Bouge pas !

– Mais enfin papa, c'est moi... fit-il, incrédule en voyant la carabine qu'Élias pointait vers lui.

– Et alors ? Tu n'as pas mis les pieds ici depuis des semaines et tu entres comme un voleur. Tu t'attendais à quoi ? Et puis, qu'est-ce que tu veux d'abord ?

Pierre décida d'essayer de sortir au plus vite de cette situation.

– La vérité sur ce qui est arrivé aux Wilson.

– Qu'est-ce que ça peut te faire ?

La question lui parut tellement absurde que Pierre resta sans voix. Elle valait en elle-même la réponse qu'il redoutait. La tête douloureuse, agenouillé sous la menace d'une arme, il regardait cet homme rongé par la haine et l'alcool. Il tenta de nouveau de se lever, Élias ne lui en laissa pas le temps. La gifle qu'il lui asséna d'un revers de la main lui écrasa les lèvres et l'envoya de nouveau à terre.

– Je t'ai dit de pas bouger !

Et comme Pierre ouvrait la bouche, il poursuivit :

– Et ferme-là, j'ai besoin de réfléchir.

Il tira une chaise, s'assit face à son fils, puis crispa ses mains sur la crosse de son fusil pour faire cesser leur tremblement. De la manche, Pierre essuya le sang qui coulait de ses lèvres. Il serrait les dents pour ne pas laisser monter ses larmes. Élias le regardait comme on regarde un animal encombrant.

– C'est bien beau, tout ça, mais qu'est-ce que je vais faire de toi, maintenant ? Depuis que tu es né, faut toujours que tu sois dans mes pattes à me porter la poisse !

– Laisse-moi partir... tenta-t-il froidement, tu seras débarrassé.

– Et puis quoi encore ? Pour que tu files retrouver l'indienne... cette chienne qui veut notre peau...

Il se racla bruyamment la gorge, cracha avec dégoût, puis après être resté un moment silencieux, les yeux dans le vague, il regarda son fils avec un regain d'intérêt. Pierre se raidit en voyant un mauvais sourire se dessiner sur ses lèvres.

– Je sais… tu vas nous conduire jusqu'à elle. Cette fois-ci, on ne va pas la rater, la salope, et après tu pourras retourner tranquillement vivre avec les deux vieux si ça t'amuse ! Qu'est-ce que t'en dis, fiston ?

Élias éclata d'un rire méchant, il était visiblement très fier de son idée et Pierre eut la certitude qu'il n'hésiterait pas à le battre jusqu'à ce qu'il lui révèle la cachette de Tíikpuu ou qu'il meure sous les coups. Il essaya de gagner du temps.

– Je ne sais pas où elle est ! Elle s'est enfuie quand vous êtes venus chez Tim et Célestine. J'ai essayé de la rattraper, mais je n'ai pas réussi. Depuis, personne ne l'a revue.

Contrairement à ce que Pierre redoutait, Élias ne réagit pas immédiatement. Il semblait avoir retrouvé une certaine maîtrise de lui-même, peut-être commençait-il à dessaouler. Il ne quittait pas son fils des yeux, cherchant à évaluer sa sincérité et à jauger sa capacité de résistance. Mal à l'aise, Pierre s'agita et revint à la charge.

– Mais enfin, puisque je te dis que je ne sais rien… laisse-moi au moins me relever, je gèle par terre… qu'est-ce que tu veux que je fasse, c'est toi qui as le fusil !

C'est Élias qui se leva en soupirant :

– Tu vois, mon gars, et bien je te crois finalement. Et même si tu savais dans quel trou elle s'était planquée, je suis prêt à parier qu'elle n'y est plus. Elle est trop futée pour rester longtemps au même endroit.

Le soulagement de Pierre fut de courte durée, car l'autre enchaîna :

– Le plus pratique pour nous, c'est qu'elle vienne te chercher, et là, je te promets qu'elle ne nous aura pas par surprise…

elle va voir à qui elle a affaire. Allez, debout ! ajouta-t-il en donnant un coup de pied dans les côtes de Pierre qui gémit de douleur.

Le coup qu'il venait de porter le fit tituber un instant trop court pour que Pierre puisse tirer profit de la situation. Élias s'appuya sur son fusil le temps de retrouver son équilibre puis vint en appuyer le canon dans le creux des reins de son fils :

— Maintenant on va sortir et on va aller chez Bigfoot. Tu avances doucement sans te retourner et sans décoller ton dos du fusil. Si tu t'éloignes, si tu tentes n'importe quoi, même si tu trébuches, je tire. Alors fais attention où tu mets les pieds ! Allez, on y va.

Pierre n'avait rien d'autre à faire que d'obéir. Il avait sous-estimé son adversaire, ses forces et sa duplicité. Élias avait beau être imbibé d'alcool, il n'était pas pour autant complètement abruti : il avait juste perdu toute retenue morale ou affective, ce qui le rendait terriblement dangereux. Dehors, dans le brouillard, il aviserait. Il poussa la porte et se retrouva dans la rue. Très vite, il devina la silhouette familière devant lui. Sur ses quatre pattes, elle trottina de sa démarche sautillante et disparut, gommée par le brouillard. Après quelques pas, il l'aperçut de nouveau, assise sur son arrière-train, et une nouvelle fois elle reprit de l'avance et s'effaça. Pierre était irrésolu. Malgré les menaces et la pression du canon dans son dos, il se sentait capable de désarmer son père, trop près de lui et sans doute trop lent. Le risque était raisonnable, d'autant plus qu'il ne croyait nullement à la promesse d'Élias de le laisser repartir une fois qu'il aurait joué son rôle de chèvre. Il ne nourrissait plus aucune illusion sur lui. S'il se jetait sur le côté et se retournait assez vite, il avait une chance de lui arracher son fusil, et même s'il n'y parvenait pas, il lui serait facile de s'échapper dans le brouillard et de rejoindre la cachette de Tíikpuu sans être suivi. Il éviterait ainsi que la jeune femme ne se précipite dans le piège qui lui était tendu. Il ne se décidait cependant pas à passer à l'action, une sorte de curiosité morbide l'en empêchait. Il se disait que cette confrontation avec Jack et Jeremiah lui apporterait les réponses qu'il cherchait et qu'Élias avait refusé de lui donner. D'une manière plus souterraine, une part de lui-même voulait aussi savoir jusqu'à quel degré de cruauté son père serait capable d'aller avec lui, dût-il en payer chèrement le prix. Invisibles au milieu de cette brume étrange, ils continuaient donc à descendre lentement la rue principale en direction de la forge, sans qu'un mot ne soit échangé, deux ombres dans les ténèbres d'une misérable catabase. Et Pierre aurait juré que le Coyote n'était pas le seul esprit à les escorter.

L'odeur de corne brûlée les avertit qu'ils touchaient au but, avant même qu'ils n'entendissent le marteau se déchaîner sur l'enclume. Enfin une bande rougeoyante se dessina au ras du sol, indiquant la porte de la grange. Quand ils entrèrent, Jack ne les vit pas tout de suite. Face à sa forge, il leur tournait le dos, martyrisant de sa force colossale une barre de métal incandescent. Depuis l'expédition chez Tim et Célestine, disait Beth, il avait le diable au corps, incapable de trouver le repos. Elle l'avait donc envoyé battre le fer pour se défouler. Comme à son habitude, il était torse-nu, ruisselant sous son tablier de cuir. Sa peau semblait rouge à la lueur des flammes et, lorsqu'il attisait le feu, les étincelles l'environnaient en crépitant comme un essaim d'abeilles.

Dans l'espace qui leur était réservé au fond de la grange, les chevaux chauvirent des oreilles en apercevant Pierre et l'un d'eux hennit. Jack se retourna et ne réalisa pas immédiatement ce qui se passait. Il posa sa masse. D'une paire de lourdes tenailles, il saisit le fer rouge et le plongea dans un baquet d'eau. À travers la vapeur qui montait en gémissant, il demanda :

– Qu'est-ce que tu fais là, gamin ?

Ce n'est qu'après avoir ramené en arrière ses cheveux hirsutes et essuyé la sueur qui lui coulait dans les yeux qu'il vit le fusil d'Élias. Il s'approcha et se planta devant eux, les poings sur les hanches :

– C'est quoi ce bordel, Élias ?

– T'occupe ! Va plutôt l'attacher avec les chevaux, j'ai pas envie qu'il se fasse la malle. On a besoin de lui.

D'une bourrade, Élias envoya Pierre dans les bras de Jack. À demi ahuri, le géant l'attrapa par l'épaule et le conduisit dans un box.

– Tu vas m'expliquer quand même, protesta-t-il, en faisant asseoir Pierre et en lui entravant les chevilles.

Pendant ce temps, Élias avait passé dans un anneau fixé au mur la corde dont il venait de lier les poignets son fils.

– Bigfoot, fais quelque-chose, il est devenu fou, supplia le jeune homme.

Élias ne le laissa pas poursuivre :

– Ta gueule ou je t'en recolle une !

Puis s'adressant à Jack :

– Il va nous servir d'appât ! Quand la sauvage viendra le libérer, on lui tombera dessus…

– J'aime pas ça ! fit Jack nerveusement, il faut en parler à Beth… je vais la chercher !

Il tourna les talons et partit précipitamment.

— Putain, Jack ! Tu ne peux pas te passer d'elle pour une fois ! gueula Élias en vain.

Beth arriva aussi vite que son mari était sorti, serrant frileusement un châle de laine autour de ses maigres épaules. Elle ne s'embarrassa pas de formules :

— Bon sang, Élias, tu es tombé sur la tête ou quoi ? Tu veux attirer cette folle enragée chez nous ?

Le ton était sec, celui d'une femme habituée à être obéie au doigt et à l'œil. Mais Élias n'était pas Jack. S'il savait se méfier de la rouerie de Beth, il ne supportait pas pour autant de s'entendre parler de la sorte par une furie en jupon. Il s'approcha d'elle jusqu'à lui postillonner au visage :

— Tu vas te calmer et m'écouter !

Sous le choc de son haleine fétide, elle eut un mouvement de recul. Élias poussa son avantage.

— Ici, on ne viendra pas nous déranger, et même si elle gueule un peu, personne ne l'entendra, on est assez loin des premières maisons habitées.

— Pourquoi qu'elle gueulerait ? demanda Jack en roulant des yeux inquiets.

Élias eut un ricanement satisfait :

— Parce que si elle est aussi indienne qu'elle veut le faire croire, elle saura peut-être où est la mine de la légende... et on fera en sorte qu'elle nous le dise !

— Encore ! ça ne va pas recommencer ! s'écria Jack en saisissant le bras de Beth pour la prendre à témoin.

Mais elle se dégagea brutalement. Elle fixait intensément les yeux d'Élias et la fièvre qui y brûlait se reflétait dans les siens. Comme à chaque fois qu'elle réfléchissait, elle se mit à ronger l'ongle de son pouce droit. Élias connaissait ce tic. Confiant, il lui laissa le temps de la réflexion. Enfin, elle essuya ses mains moites sur sa jupe, se tourna vers son mari et lui dit d'un ton qui n'admettait pas de réplique :

— Élias a raison, c'est peut-être l'occasion de se refaire et partir d'ici une bonne fois pour toutes. Toi, tu vas surveiller le gamin.

Elle n'avait jusque-là pas eu un regard pour Pierre. À ce moment seulement, elle alla se pencher au-dessus de lui pour vérifier qu'il était bien attaché. Lorsqu'elle tira sur ses liens, ils lui cisaillèrent la peau en lui arrachant un cri de douleur.

— Beth, tu n'es qu'un monstre !
— Oh ! toi, ça va ! lui renvoya-t-elle. Tu as choisi ton camp, alors tant pis pour toi !
— Vous ne devriez pas faire ça ! Vous ne savez pas ce que vous risquez !

Elle haussa les épaules, lui tourna le dos et rejoignit Élias :

— Je reste ici avec Jack, lui dit-elle, mais toi, tu vas te dépêcher d'aller chercher Jeremiah. Fais vite, qu'on ait le temps de se préparer avant que l'autre sauvage retrouve la piste du môme.

Cette fois, Élias ne discuta pas. Il ouvrit la porte pour sortir et Pierre entendit distinctement des glapissements mourir dans les ténèbres.

Lorsque Pierre l'a quittée, qu'elle l'a envoyé à la rencontre de Célestine, Tíikpuu s'est préparée. De sa besace de peau, elle a tiré une poignée d'herbes sèches soigneusement liées d'un lacet orné de perles d'os. Elle a commencé à fredonner en les mélangeant à de la terre humide, juste assez pour qu'elles ne flambent pas comme un feu de paille mais qu'elles se consument lentement. Elle les a déposées sur les braises expirantes qu'elle a ranimées de son souffle léger. La fumée qui est montée lui a râpé la gorge et brûlé les yeux. Elle inhale profondément, les larmes baignent ses joues. Alors, elle prend la poudre blanche, enfermée dans une large feuille, et s'en frotte le visage en un emplâtre livide. Elle n'a pas cessé de fredonner et son chant s'est fait plus rauque et plus rythmé à mesure que s'opère la transformation et que son âme se prépare au voyage qu'elle va accomplir. Elle trempe ses doigts dans une pâte verte qu'elle étale autour de ses yeux et en un double trait vertical qui suit l'arête de son nez et partage en deux sa bouche et son menton. Puis, du fond du sac, elle sort un petit tambour. La peau n'en est pas plus grande que ses deux mains mais elle résonne bien, tendue sur un cercle de bois souple. Elle commence à marcher autour du foyer qui fume encore. Du bout des doigts, elle frappe le tambour, sur un rythme à quatre temps qui accompagne le chant rituel, celui que lui a appris son *Wéy-a-kin* lors de son initiation dans la montagne. Il n'est pas nécessaire de battre le tambour fort ou rapidement, il faut battre au rythme du cœur qui bat dans la poitrine et du sang qui bat dans les veines. La transe viendra avec cette harmonie, elle portera l'âme hors du corps pour qu'elle s'unisse à l'esprit tutélaire. Tíikpuu ressent les prémices de l'ensauvagement. Sa vision devient moins nette, mais elle s'élargit. Les bornes latérales de l'espace volent en éclats, une légère inclinaison de tête, et elle embrasse l'horizon devenu circulaire. Un à un, la nuit lève ses voiles noirs. Tíikpuu perçoit les moindres mouvements avec une acuité nouvelle, la feuille desséchée qui tremble sur la plus haute branche et qui bientôt va tomber brulée par le gel, l'ombre de l'écureuil affolé qui grimpe en spirale autour du tronc. Ce qui pourrait encore se dissimuler à son regard se révèle par d'autres voies. Le paysage nocturne se charge de bruits et d'odeurs jusqu'alors imperceptibles. Leur violence subite la fait presque suffoquer. Là-bas, la rivière gronde sourdement sous la glace. Les effluves de ses eaux froides, aux relents de vase et d'écailles léthargiques lui parviennent pourtant. Elle peut entendre et flairer le mulot qui s'enfuit dans sa galerie sous la neige et le suivre plus sûrement que s'il détalait sous son nez dans la prairie. Ses muscles se tendent, elle aimerait sauter, le saisir dans sa gueule et sentir le craquement de ses os fragiles entre ses mâchoires, la chaleur de son sang sur sa langue assoiffée. Mais elle sait qu'elle n'en a pas le temps, elle doit poursuivre sa course vers sa mission.

Même s'il est ténu, elle n'a pas de mal à trouver le fil si reconnaissable de l'odeur morbide. Il court dans le sous-bois, se tortille sous les souffles du vent, parfois il s'effiloche et se rompt mais se retisse aussitôt, un peu plus solide. À mesure qu'elle quitte les profondeurs de la forêt et s'approche de la lisière, de nouveaux brins se tressent, aux tonalités brunes et verdâtres. Dans la disette hivernale, lorsque la faim est trop cruelle, Coyote ne dédaigne pas la charogne abandonnée par l'ours ou le loup. La chair faisandée ne le répugne pas, mais plus il avance, plus la piste odorante se fait forte au point de l'irriter jusqu'à l'éternuement. Ce n'est plus un fil qui le conduit, mais une corde visqueuse de remugles mêlés. Des notes douçâtres et écœurantes de sueur rance, recuite dans les plis d'une peau crasseuse, d'urine, de merde sèche et de foutre caillé. Tout cela traverse des épaisseurs de linge sale et raidi, imprégné de senteur de bois brûlé et de chique froide. Elle a maintenant quitté l'abri de la forêt et traverse à découvert l'espace qui la sépare des premières maisons. Elle ne risque rien, les habitants de Little Creek restent cloîtrés chez eux, à frissonner autour du poêle, terrifiés à l'idée de se perdre dans ce brouillard démoniaque. Personne ne voit le coyote argenté se faufiler dans les rues désertes, s'arrêter un instant, se passer la langue sur le museau comme pour le laver, s'ébrouer et repartir. Des miasmes pestilentiels de pus et de sang putréfié viennent recouvrir tout le reste et lui saturer l'odorat. Elle est arrivée, à l'affût. La partie de chasse va pouvoir commencer.

Elle n'a pas à attendre longtemps, un pas traînant et la porte s'ouvre. Jeremiah apparaît sur le seuil, une couverture sur le dos. Il ouvre sa braguette et se met à pisser dans la rue. La main qui tient le sexe rabougri tremble et le jet fumant sculpte des arabesques dans la neige qui se colore et fond à son contact. Jeremiah frissonne, des gouttes perlent à son front et ses yeux brillent d'un éclat fébrile. Il s'apprête à rentrer quand un jappement l'arrête. Incrédule, il frotte le bandage imbibé de sanies où mijotent les restes de son oreille purulente et se tourne dans la direction du bruit. Le brouillard se dissout devant lui, juste assez pour qu'il puisse distinguer un coyote assis à quelques pas. L'animal ne montre aucune frayeur, au contraire, il le fixe et Jeremiah serait presque prêt à parier qu'il sourit si une bête en était capable.

– Tu me cherches, toi, marmonne-t-il.

Il fait demi-tour et pénètre dans la maison, juste le temps d'attraper sa carabine. Mais lorsqu'il va pour le viser, le coyote a disparu. Il lui semble pourtant le voir déguerpir un peu plus loin, alors il le prend en chasse, sans se soucier du froid qui vient mordre son corps brûlant de fièvre, ni de la douleur lancinante qui lui vrille la tête à travers son tympan ulcéré. Il essaye de courir dans la neige pour ne pas se laisser distancer, mais ses jambes sont lourdes et sa respiration courte. Comme s'il l'avait compris et s'en amusait, l'animal fait de brèves haltes qui donnent à son poursuivant le temps de rattraper son retard, mais pas de tirer. À ce jeu, ils finissent par sortir du village. Ce n'est qu'alors que Jeremiah s'aperçoit que le brouillard s'est levé et que la lune qui monte dans le ciel verse sur toute chose une lumière spectrale et glacée, suffisante pour se repérer dans ces lieux familiers. Il sourit en caressant la crosse de son arme, il va régler son compte à cette sale bête en moins de deux… Il essuie la sueur qui coule sur son visage. Il tente d'écouter les bruits autour de lui, mais il n'entend que la pulsation de son sang qui résonne dans ses tempes. Avec surprise, il prend conscience que sa traque l'a conduit au cimetière. Le lieu est resté dans l'état où l'a laissé la tempête des jours précédents, en partie déblayé de sa couche de neige. La forme des tombes se dessine nettement et le chemin ouvert jusqu'à celle de Matthew Wilson ne s'est pas refermé. Il est simplement blanchi, vitrifié, par une pellicule de givre qui brille d'une lueur surnaturelle, comme une invitation. Jeremiah s'y engage en jurant : près de l'empilement de pierres, au pied de la croix, le coyote le regarde, immobile, la tête légèrement penchée, d'un air que Jeremiah pourrait qualifier d'ironique s'il connaissait le mot. Mais, il se contente de cracher par terre en visant entre les oreilles de l'animal. Ce serait vraiment dommage d'abîmer une si belle fourrure argentée et malgré les tremblements qui l'agitent, à cette distance, il est certain de ne pas manquer sa cible. Il tire. Avec brutalité, la détonation répercute ses ondes dans tout son corps, la douleur court dans les nerfs à vif de son visage. Il a l'impression que c'est son propre crâne qui vient d'exploser et quand ses yeux sont de nouveau capables de voir autre chose que les éclairs rouges de la souffrance, il ne les croit pas : le coyote n'a pas bougé d'un pouce.

Malgré le supplice qu'il vient d'endurer, de rage, il s'apprête à faire feu une seconde fois quand un mouvement à la limite de son champ de vision attire son attention. La neige qui recouvre une tombe à sa droite se soulève avec lenteur comme un vivant linceul. Ses quatre coins s'allongent en pattes, c'est maintenant la peau d'un daim blanc, fraîchement écorché, qui flotte devant lui. Puis la peau se remplit et prend forme, l'animal d'une blancheur translucide pose sur lui son regard doux et triste. Jeremiah sent ses poils se hérisser.

– Par les entrailles du Christ ! C'est quoi cette diablerie ?

La deuxième balle destinée au coyote traverse l'ectoplasme qui disparaît dans un bramement étouffé pour se matérialiser aussitôt sur la sépulture voisine. Le temps que Jeremiah fouille dans sa poche pour y prendre de nouvelles munitions et qu'il recharge son arme, d'autres ombres livides sont apparues. Il en surgit sur chaque tombe, pathétiques simulacres d'animaux défunts, frissonnants sous les vents nocturnes. Toute une faune spectrale s'est assemblée dans le cimetière de Little Creek. Lièvres, loups, élans, écureuils, loutres et castors… Jeremiah vacille. Lui, dont l'âme épaisse ne s'est jamais ouverte qu'au désir, à la jouissance, à la frustration et à la colère, découvre un sentiment qu'il ne connaissait que de nom. Cible de tous les regards de cette horde funeste, il se sent envahi par une terreur sacrée qui le pétrifie un moment. Enfin, il s'ébroue et se révolte contre les créations monstrueuses de son cerveau halluciné. Il décharge en vain sa carabine. Les nouvelles cartouches qu'il tente de glisser dans le magasin s'échappent de ses doigts devenus bleus et se perdent dans la neige. Les fantômes font cercle autour de lui et ce cercle se resserre. Tout cela pousse de plaintifs gémissements, des brames déchirants, de faibles hurlements enroués par la mort. Et au-delà de cette ronde infernale, hiératique sur la tombe de Matthew Wilson, Coyote sourit, cette fois Jeremiah en est certain. Il voudrait crier mais sa gorge étranglée de froid ne laisse plus passer qu'une mince colonne d'air glacé. Il saisit par le canon sa carabine devenue inutile et, dans de grands gestes fous, taillade l'espace autour de lui. La peau de ses mains colle à l'acier. Il ne le sent même pas. Il fauche les chimères qui s'évanouissent et repoussent, toujours plus nombreuses. Il avance péniblement, de plus en plus lentement, les bras, les jambes et les poumons ankylosés. Les images maintenant ne se dissolvent plus sous ses coups, il les traverse et chacune laisse en lui un peu de sa mort. Lorsqu'il arrive devant Coyote, il est à bout de souffle et de forces. Il tente de lever son arme pour lui asséner un coup ultime, mais entraîné par le poids de la carabine devenue trop lourde, il tombe à genoux au bord de la tombe. Perché sur le tertre Coyote le toise en silence. Il ne sourit plus. Au contraire, Jeremiah lui trouve un air solennel. Il est si proche qu'il peut sentir son haleine comme une brûlure sur son visage. Son esprit gourd ne déchiffre plus qu'au ralenti ce qui se passe.

Quand à côté de l'animal, se dresse une jeune femme, il est incapable de comprendre comment elle est arrivée. Elle porte une tunique indienne. Son visage est livide comme celui des spectres. Les rayons de la lune ne parviennent pas à faire pâlir l'or de ses cheveux, son corps paraît presque transparent, mais la flamme qui brûle dans ses yeux est bien vivante. Jeremiah voudrait échapper à cette vision, mais, impitoyables, ses muscles tétanisés le condamnent à fixer cette âme perdue, surgie du passé. Son cœur se fige douloureusement.

Il expire ce qui lui reste de vie dans un prénom, puis ses yeux se glacent.

Dès qu'Élias fut parti chercher Jeremiah, à la forge, Beth prit les choses en main.

— Toi, tu restes là et tu ne quittes pas le gamin des yeux, ordonna-t-elle à Jack. Moi, je vais faire du café, on va en avoir besoin. Et toi, fit-elle à Pierre en agitant un index impérieux, tu n'essaies pas de faire le malin. Tu n'as rien à y gagner...

Libéré de la présence de son père, le jeune homme laissa enfin éclater la colère qui couvait dans son ventre.

— Beth ! cria-t-il alors qu'elle s'apprêtait à quitter la grange. Je sais que vous avez tué Matthew Wilson ! Qu'est-ce qui s'est passé ce soir-là ? Et sa femme ? Qu'est-ce qu'il lui est arrivé à elle ?

Il tirait sur ses liens de toutes ses forces et ne parvenait qu'à faire saigner ses poignets, au désespoir de Jack, qui dansait d'un pied sur l'autre comme lorsque la situation devenait trop complexe et qu'il ne savait que faire.

— Pierre, calme-toi, geignait-il, tu vois bien que ça ne sert à rien de t'agiter comme ça... tu vas finir par te faire mal !

Beth se retourna vers lui. Son visage était fermé, son regard plus dur encore qu'à l'accoutumée.

— Tout ça, c'est du passé, lança-t-elle sèchement, et si cette indienne n'était pas venue, personne n'aurait remué ces vieilles histoires.

— Peut-être, mais elle est là ! Et ne comptez pas sur elle pour laisser tranquilles les assassins de ses parents !

Le ricanement de Beth prit Pierre de court.

— Ça, figure-toi qu'on s'en était aperçu ! Mais rassure-toi, on n'a pas l'intention de se laisser faire.

Dans sa naïveté, Pierre avait espéré la surprendre ou la déstabiliser en désignant les Wilson comme les parents de T´iikpuu. C'était le contraire qui s'était produit, il n'avait pas imaginé qu'elle puisse être au courant. Cette douche froide fit retomber sa fureur et le plongea dans l'abattement.

— Tu savais alors ? abdiqua-t-il.

Cette fois, Beth s'esclaffa carrément :

— Mais qu'est-ce que tu crois ? Qu'il n'y a que toi qui es capable de mettre deux idées bout à bout ? Mais mon pauvre garçon ! Tout le village a compris dès qu'il l'a vue... même Jack, ajouta-t-elle avec un signe dans la direction du géant.

Bigfoot releva la tête, comme un bon chien qui entend son maître le nommer. Les chevaux semblaient nerveux, peu habitués à tant d'agitation et tant d'étrangers dans la grange. Il les avait rejoints dans leur box et leur caressait l'encolure avec des paroles apaisantes. En calmant les animaux, il tentait de se calmer lui-même.

— C'est une sorcière, marmonna-t-il.

— Tais-toi, Jack. Tu sais ce que je t'ai dit, c'est des bêtises tout ça.

La voix de Beth manqua d'assurance sur cette dernière phrase et Pierre ne put s'empêcher de penser que comme Jack se rassurait en même temps que les chevaux, elle aussi cherchait à se persuader tout autant que son mari. Il profita de la situation.

– Bigfoot a raison ! J'ai vu de quoi elle est capable et à votre place je n'en mènerais pas large...

– Oh ! toi, tu vas te taire ! s'emporta-t-elle.

Sa voix monta dans les aigus et des hennissements effrayés lui firent écho. Sans s'en préoccuper, elle attrapa un vieux chiffon qui traînait par terre près de la forge et le tendit à Jack.

– Tiens ! Fourre-lui ça dans la bouche, on l'a assez entendu ! Moi, je vais faire ce satané café au lieu de perdre mon temps avec ce morveux !

Cette fois, certaine que ses ordres seraient suivis dans l'instant, Beth quitta la grange d'un pas pressé, sans se retourner. Jack s'approcha de Pierre visiblement à contrecœur, mais Beth avait parlé, il ne restait plus qu'à obtempérer.

– Fais pas ça Bigfoot... je te promets que je me tais...

– Mais enfin, tu as entendu Beth...

– Puisque je te dis, que je me tais, insista Pierre. De toute façon, elle n'est pas là pour le voir... Tu pourras toujours me bâillonner quand elle reviendra, je te promets que je me laisserai faire. En attendant, ce n'est pas la peine...

Jack malaxait nerveusement le chiffon entre ses énormes mains au risque d'en faire de la charpie. Il était pris entre deux feux : sa soumission servile à Beth et l'affection qu'il portait à Pierre. Car il l'aimait bien ce gamin, en fait. Il se souvenait que, quand il était tout môme, il venait déjà le voir à la forge ferrer les chevaux ou battre le métal... Il ne lui arrivait pas encore au niveau des genoux, alors, en rigolant, Jack le soulevait d'une seule main et le posait dans un coin, sur un tonneau, pour qu'il puisse profiter du spectacle en sécurité. Et lui se sentait important sous ses yeux écarquillés, et il redoublait d'entrain en martelant les barres d'acier incandescent.

En sortant de chez le Pasteur qui venait de les marier, Beth avait été très claire. À peine étaient-ils dans la rue, qu'elle avait averti Jack : ils n'auraient pas d'enfant, il était hors de question qu'elle coure le risque de mettre au monde un demeuré. Jack n'avait rien répondu, elle avait sans doute raison. Alors quand Pierre prit l'habitude de lui rendre visite à la forge, il l'accueillait avec plaisir et son gros rire caverneux se mêlait aux notes aigües de celui de l'enfant. Et voilà qu'il se trouvait maintenant devant lui, attaché dans un box, le visage tuméfié, les poignets en sang.

– Jack... s'il-te-plaît...

Cette supplique eut raison de ses dernières résistances. Il jeta un coup d'œil furtif en direction de l'entrée de la grange pour s'assurer que Beth était bien partie, puis dans un soupir aussi puissant que le soufflet de sa forge, il laissa tomber la lourde masse de son corps à côté de Pierre. Un courant d'air glacé passa. Les chevaux se mirent à piétiner leur litière avec agacement. Jack approcha maladroitement son chiffon :

– Attends, dit-il, je vais te nettoyer, y'a plein de sang sous ton nez...

Pierre se laissa faire et pendant que Jack, avec une douceur inattendue, essuyait les traces sur son visage, il trouva le regard du colosse.

— Bigfoot, je te connais. Je sais que ce n'est pas de ta faute tout ça. Tu n'es pas méchant comme mon père et Jeremiah et je suis sûr que tu regrettes ce qui est arrivé…

Pour la première fois depuis des jours, Jack se sentit un peu soulagé.

— Ça, tu peux le dire ! gronda-t-il. Moi, je n'ai jamais voulu que ça se passe comme ça ! Tu me crois, hein ? c'est vrai ?

— Bien sûr que je te crois, je te l'ai dit… mais tu devrais me raconter comment ça s'est vraiment passé chez les Wilson ce jour-là parce que les autres, eux, ils ne diront pas la vérité.

Jack hésitait encore.

— Beth m'a fait promettre de ne rien dire, alors tu comprends…

— Je ne le répéterai pas, l'interrompit Pierre, mais j'ai besoin de savoir et toi tu te sentiras mieux après, quand tu auras vidé ton sac.

— Tu me jures que tu ne diras rien, alors ?

— Oui, je te le jure. Tu peux me faire confiance.

Rassuré, le Jack se détendit et revint s'asseoir près de Pierre. Il attrapa une poignée de foin qu'il se mit à tordre machinalement pour occuper ses grandes mains.

— C'était une idée d'Élias, commença-t-il. On ne comprenait pas ce que Wilson était venu faire ici alors que partout dans la vallée le mot était passé qu'il n'y avait rien de bon à Little Creek, pas plus d'or que de beurre en branche… alors Élias il s'est mis dans la tête…

— Je sais, coupa Pierre qui craignait le retour de Beth, il croyait que Matthew avait une carte pour trouver l'or des Indiens et vous êtes allés tous les trois chez lui pour le faire parler. C'est ce qui s'est passé à ce moment-là qu'il faut me raconter.

Jack le regarda d'un air éberlué :

— Comment tu sais ça ?

Aussitôt l'inquiétude ressurgit chassant la première question :

— J'espère qu'on ne t'a pas dit que c'était une idée à moi de secouer Wilson pour qu'il crache le morceau…

— Mais non, mentit Pierre, vas-y, continue…

À l'autre bout de la grange, un bras se relâcha, la corde de l'arc se détendit, la flèche retomba entre les doigts de l'archer.

— … parce que moi j'ai juste fait ce qu'on m'a dit de faire !

Il marqua un temps d'arrêt comme s'il pesait le pour et le contre et son front se plissa sous l'effort de réflexion.

— C'est vrai, finit-il par avouer, que moi aussi j'aurais bien voulu avoir de l'or. Pas pour moi, pour Beth… pour lui faire des cadeaux, tu vois… des jolis tissus, un nouveau châle aussi, le sien commence à être usé…

— D'accord, Bigfoot, s'impatienta Pierre, mais concentre-toi. Vous êtes arrivés tous les trois chez les Wilson. Et alors ?

Jack secoua la tête, contrarié de devoir s'arracher à la pensée de Beth. Il reprit pourtant le fil de son récit.

— Alors elle nous a fait entrer. Lui, il était en train d'écrire. Ils n'ont pas compris tout de suite pourquoi on était là. Quand à la fin Élias lui a demandé la carte du gisement, Wilson s'est mis à rigoler. Élias, ça l'a rendu fou de rage !

Il chercha l'approbation de Pierre :

– Tu sais comment il est quand il est en colère… il lui en a balancé une, et la femme du coup, elle s'est mise à gueuler. Jeremiah l'a attrapée pour la faire taire, mais comme elle continuait à crier, il a été obligé de la taper aussi.

Il s'interrompit, se leva pour bouchonner les chevaux qui s'agitaient de nouveau en renâclant et en grattant le sol d'un sabot nerveux. Pendant qu'il frottait leur croupe avec sa poignée de foin, Pierre retenait son souffle. Il n'osait prononcer un mot de peur de trahir l'horreur qu'il ressentait et de mettre ainsi un terme à la confession de Jack. Il n'eut pas besoin de relancer le récit. Comme s'il avait pris le temps de se remémorer les évènements pour trouver ses mots, Jack continua :

– Wilson voulait protéger sa femme, mais il ne pouvait rien faire. Il était tout seul. Élias m'a dit de le cogner un peu, pas trop fort, pour qu'il nous dise où il avait planqué la carte. Mais ça n'a servi à rien. Il n'a rien voulu dire, il n'arrêtait pas de répéter qu'il ne savait rien, qu'il n'était pas venu pour l'or, qu'il était… je ne sais plus quoi, un truc compliqué…

– Et vous avez quand même continué à le frapper ?

– Jeremiah et ton père, ils ne le croyaient pas, ils y tenaient trop à leur mine d'or ! Mais ils ont vu que ça ne servirait à rien de le taper encore…

Un courant d'air froid traversa de nouveau la grange. Rougissant, Jack s'arrêta. Devant sa gêne, Pierre devinait la suite, mais il fallait qu'elle soit dite.

– Et après ? pressa-t-il impitoyablement.

Mais une sorte de pudeur inattendue retenait le forgeron qui se rebella.

– Après… rien, tu n'as pas besoin de tout savoir et je ne suis pas obligé de te raconter ça après tout !

Pierre vit qu'il n'en avouerait pas plus spontanément. Il reprit l'initiative :

– Eh bien, je vais te le dire moi… comme Matthew ne parlait pas, vous vous en êtes pris à sa femme et vous l'avez…

– Tais-toi ! hurla Jack, terrorisé. Moi, je n'ai rien fait du tout, je tenais Wilson pendant que Jeremiah et Élias, eux, ils s'occupaient d'elle. Moi, j'aurais pas pu faire ça… Beth, elle aurait été trop fâchée.

– Pauvre idiot ! Dans le feu de l'action, si tu avais trempé ta queue comme les deux autres, je ne t'en aurais pas voulu !

– Beth !

Jack se pétrifia sous son regard. Trop absorbés par les atrocités du passé qu'ils faisaient revivre, ni Pierre, ni lui ne l'avait entendu arriver. Elle avait traversé la moitié de la grange sans qu'ils s'en aperçoivent et se tenait maintenant devant la forge, un pot de café bouillant à la main. Jack bredouilla :

– C'est parce que, tu vois, il voulait vraiment que je lui raconte… il a beaucoup insisté, alors…

Elle vint les rejoindre.

– C'est bon ! fit-elle sèchement à Jack avant de s'adresser à Pierre.

– Puisque tu y tiens absolument, c'est moi qui vais finir l'histoire. Regarde dans quel état tu me l'as mis, ajouta-t-elle avec un geste en direction de son mari qui avait repris son balancement d'un pied sur l'autre. C'est vraiment pas le moment qu'il nous fasse une crise !

– Tu n'es pas trop en colère, hein, Beth ?

Elle l'apaisa en quelques mots, prononcés avec calme et fermeté.

– Non, ça va aller, Jack, mais maintenant tu te tais et tu me laisses faire.

Comme par miracle, le balancement cessa, Jack recommença à brosser les chevaux et sembla se désintéresser du reste pendant que Beth poursuivait son récit :

– Il n'y a pas grand-chose de plus à dire… Wilson s'est débattu, alors Jack l'a envoyé bouler un peu fort et sa tête a cogné le coin du poêle…

– Tu vois, c'était un accident, réagit Jack, pas vrai Beth ?

– Si, c'est vrai, c'était un accident, ce n'est pas de ta faute…

– Oui, c'est ça ! et le viol aussi c'était un accident ? s'emporta Pierre qui ne parvenait plus à contenir sa colère ni son dégoût.

– Oh ! ça ! reprit Beth sarcastique, c'est vrai que Jeremiah et ton père y sont allés un peu fort. Tellement qu'ils ont cru qu'elle y était restée. Alors, ils ont fouillé la baraque sans rien trouver et puis ils ont mis le feu.

– Matthew aura au moins gardé son secret, jeta Pierre dans une dernière bravade. Vous ne profiterez jamais de son gisement !

– T'es bien aussi bête que ton père ! s'esclaffa Beth. Il n'y a jamais eu de carte, ni de mine. Le Wilson, il avait dit la vérité, il n'était pas là pour l'or : il était ingénieur « hydrographe » que ça s'appelle.

Elle avait prononcé le mot barbare en détachant chaque syllabe, fière de l'avoir retenu.

– Il venait voir si on pouvait construire un barrage en amont du village. C'est pour ça qu'il traînait toujours au bord de la rivière ! Pas pour prospecter !

Trois doigts repassèrent derrière la corde qui vint se caler dans le creux de la première phalange et commença à se tendre.

– Quand il a compris ça, ton père est devenu fou furieux. On a bien cru qu'il allait tourner raide dingue et qu'il allait finir par cracher le morceau. Jeremiah et Jack ont dû le dérouiller un peu pour lui remettre la tête à l'endroit. Et moi, je lui ai conseillé de se trouver une femme pour se calmer.

Elle ricana :

– Finalement, c'est un peu grâce à moi que tu es né !

Pierre était atterré devant tant de vies détruites pour des chimères. Des larmes de tristesse et de rage lui montèrent aux yeux et, cette fois, il ne fit rien pour les retenir.

– Et Leonora Wilson ? demanda-t-il encore.

– Faut croire qu'elle n'était pas si morte que ça et qu'elle s'en est remise, ricana Beth, puisque sa fille est revenue foutre la pagaille !

En fin de traction, la main caressa la joue, la corde effleura le nez et la bouche, presque sensuellement.

– Comment es-tu sûre que c'est sa fille, d'abord ? Tu ne me l'as pas dit...

– C'est le portrait craché de sa mère, blonde comme elle. Et un blond comme ça, on n'en voit pas tous les jours ! Pas de doute que c'est la fille de Leonora Wilson. Par contre, glissa-t-elle avec perfidie, pour savoir qui est le père, après ce qui s'est passé... c'est une autre affaire !

Son rire vola en éclats, lorsque la flèche se planta dans l'articulation de son épaule. Personne ne l'avait entendu siffler, elle avait été tirée de trop près, sa puissance était terrible. Beth poussa un hurlement. Sous le choc, le pot de café fut projeté sur le cheval que Jack bouchonnait. Ébouillanté, l'animal rua et lança ses sabots dans la poitrine du forgeron. Pierre, qui était tout près entendit le craquement des côtes. Il se recroquevilla contre le mur, faisant de son mieux pour protéger sa tête entre ses bras. Jack s'effondra dans la litière. Pris de panique, les deux chevaux se bousculaient dans leur box en piétinant le corps inerte de leur maître. Beth continuait à hurler, serrant contre elle son bras désarticulé et fixant avec horreur le trait à l'empennage de plumes blanches qui en dépassait. Ses cris affolaient encore plus les chevaux. Ils hennissaient, se cabraient et ils se mirent à frapper de leurs pattes avant la cloison de planches, faisant trembler la structure de la grange dans un vacarme infernal.

Pierre s'attendait à chaque instant à être écrasé comme Jack, mais subitement le calme revint, troublé seulement par la respiration précipitée des animaux hors d'haleine et les gémissements étouffés de Beth, elle-aussi à bout de souffle. Les dernières notes d'un sifflement très bas s'éteignirent et en se redressant, Pierre ne fut pas surpris de voir Tíikpuu se dresser devant la porte de la grange. Son arc, revêtu de bandelettes écarlates, pendait à sa main gauche, pendant que la droite tenait la prochaine flèche, prête à être encochée. Seul le rouge de l'arc apportait un peu de couleur à sa silhouette spectrale. Sa tunique de daim blanche, l'argile qui recouvrait son visage d'un masque blafard, tout en elle évoquait une ombre revenue d'entre les ombres. Ses cheveux blonds pourtant, qu'elle n'avait pas tressés, flamboyaient en accrochant la lumière des braises toujours vivantes dans la forge. Elle était formidable.

De l'arrogance de Beth, il ne restait rien. Paralysée par la terreur et la douleur, elle fixait Tíikpuu, d'autant plus effrayante qu'elle demeurait immobile et silencieuse.

— Qu'est-ce que tu veux ? finit-elle par dire dans un hoquet. Tu veux ma peau, c'est ça ? À quoi ça t'avancera ?

Tíikpuu ne répondit rien mais en levant lentement son arc, elle se mit à avancer en direction de Beth, sans la quitter des yeux. Et ce qui se lisait dans ces yeux était si terrible que Beth fit précipitamment retraite, à reculons. Dans sa hâte, elle trébucha sur un empilement de bois destiné à alimenter la forge. Les buches roulèrent sous ses pieds. Ses chevilles se tordirent. Déséquilibrée, cherchant à protéger son épaule blessée, elle ne put contrôler sa chute. Le cri qui déchira ses entrailles lorsque sa tête tomba dans le brasier de la forge était celui d'une bête écorchée vive. On n'aurait pu dire ce qui était le plus affreux de l'odeur ou du grésillement de la chair brûlée. Sa plainte de damnée sembla galvaniser Jack. Comme celui d'un possédé, son corps toujours abattu dans la paille fut secoué d'un violent sursaut. Il se redressa d'un bloc, golem de chairs tuméfiées, pétries par les ruades. Le sang qui noyait ses poumons perforés coulait de son nez et éclatait en bulles rosâtres sur ses lèvres. Beth, elle, courait à travers la grange, comme un oiseau affolé vient se cogner contre les vitres avant de s'assommer. Elle rebondissait sur chaque obstacle auquel elle se heurtait dans sa fuite aveugle et folle, son bras déjà mort ballotant de manière grotesque contre son flanc. Elle ne sentait plus la douleur de son épaule, ses dernières bribes de conscience accaparées par le supplice de son visage fondu, de ses paupières carbonisées, de ses yeux cuits, de ses lèvres éclatées. Ses cheveux s'étaient rapidement consumés, mais leur incendie s'était propagé à son châle. Il flottait, en feu derrière elle, semant des flammèches qui nourrissaient de nouveaux foyers. Jack réussit à se mettre sur son passage. Il écarta ses larges bras, elle vint s'y jeter. Il les referma sur elle et s'embrasa à son tour.

Il eût sans doute été charitable de les percer alors d'une seule flèche et d'embrocher ainsi leurs deux cœurs, mais une fois les cercles de l'enfer franchis, il n'est plus de miséricorde.

La grange flambait. C'était magnifique.

Les villageois faisaient cercle à une distance respectueuse. La curiosité avait eu raison de leur crainte et ils ne le regrettaient pas. Le spectacle était effroyable et grandiose. Au beau milieu de cet hiver polaire et de leur vie en noir et blanc, la peau de leur visage se tendait à la chaleur du brasier et les couleurs explosaient dans la nuit. On avait oublié que le rouge pouvait être aussi rouge, l'orange aussi éclatant, le jaune aussi brillant. On plaquait ses mains sur sa bouche pour retenir un cri d'horreur, ou d'admiration, devant cette apocalypse colorée. Eût-on crié cependant, que personne ne l'eût entendu. L'incendie grondait comme une Bête monstrueuse et cruelle. De ses mille langues vermeilles, il léchait les planches qui gémissaient, il crachait ses flammes et elles dansaient comme des diablesses sur le toit prêt à s'écrouler. Il était impossible à dompter, les réserves d'eau étaient gelées. Certains essayèrent bien de lui jeter quelques pelletées de neige, mais on ne pouvait approcher sans s'exposer à ses morsures et à ses coups de griffes. Avant même de l'atteindre, la neige s'était évaporée sous son souffle brûlant. Alors qu'à demi dévorée la charpente craquait terriblement et que tous se préparaient à l'effondrement final, les deux vantaux du portail en feu s'ouvrirent. Le cercle recula de quelques pas, inquiet de ce dont pourrait accoucher cette fournaise. L'attente ne fut pas longue avant que n'apparaissent les chevaux, le crin fumant. Ils auraient dû se ruer, fous de terreur, hors de la grange et disparaître dans la nuit, mais ils allaient au pas, dans un calme irréel. Lorsqu'ils se sentirent hors de danger, ils s'arrêtèrent et se laissèrent paisiblement passer la bride au cou. On n'eut pas le temps de digérer ce premier prodige, qu'un autre déjà s'avançait. Deux formes humaines se découpèrent dans l'encadrement éblouissant de la porte. La lumière du foyer dans leur dos les noircissait comme des corps calcinés et allongeait démesurément leurs ombres vers les villageois qui reculèrent encore pour éviter ce contact funeste.

Tous, sauf Élias qui demeura immobile et se retrouva ainsi en première ligne, devant Annah qui s'accrochait à la manche de Sam. Plus tôt, il était parti chercher Jeremiah. Devant sa maison vide, il avait suivi ses traces dans la neige jusqu'au cimetière. Au moment même où le ciel s'éclairait des premières lueurs de l'incendie, il avait fini par le découvrir, statue de gel prosternée sur la tombe de Matthew Wilson. Le voile de glace qui le recouvrait étincelait sans masquer l'expression de surprise terrifiée sur son visage de marbre. À ce spectacle, autant que la colère, Élias ressentit à son tour la morsure de l'effroi. Pour lui échapper, il repartit vers la forge aussi vite que le permettait la neige qui entravait ses pas. Il venait d'arriver lorsque Pierre et Tíikpuu sortirent des flammes. Personne, à part lui, ne s'attendait à les voir. On avait bien compris qu'aucune de ces deux silhouettes n'avait la carrure de Jack, mais quand elles se furent suffisamment avancées, dans un cri de surprise et d'effroi, on reconnut Pierre appuyé sur Tíikpuu.

– Mon Dieu ! Pierre ! s'exclama Annah, prête à s'élancer.

Mais Élias ne lui en laissa pas le temps.

– C'est elle, c'est la sorcière ! s'écria-t-il. Elle a tué Jack et Beth et elle a envoûté mon fils !

Sans attendre, il épaula sa carabine et tira, à moitié au jugé. Une nouvelle clameur s'éleva. Sam intervint dans la seconde.

– Espèce d'abruti, hurla-t-il en le désarmant, tu vas tuer ton gamin !

Au même instant, l'ossature et la charpente de la grange cédèrent. Les poutres rongées par le feu s'abattirent dans un fracas énorme, libérant des nuées d'étincelles qui montèrent joyeusement au ciel avant de s'y dissoudre. Une pluie d'escarbilles retomba en éclaboussures incandescentes et provoqua une bousculade paniquée parmi les villageois. Élias en profita pour se dégager et récupérer son arme. Lorsque le calme revint, le silence était de plomb. À peine entendait-on le chuintement de quelque charbon finissant de s'éteindre dans la neige, quelques derniers craquements et crépitements à l'agonie. De la grange ne restait qu'un tas de décombres fumant dans une odeur écœurante. Rien ne dépassait, sinon la masse énorme de l'enclume qui rougeoyait encore affreusement.

Élias écarta brutalement ceux qui se trouvaient sur son passage et se précipita vers les restes du brasier, s'approchant aussi près que la chaleur le lui permit. Tíikpuu et Pierre avaient disparu. Il jura bruyamment, mais bien vite l'instinct du chasseur reprit le dessus. Il tourna sur lui-même à la recherche de traces. L'incendie avait fait fondre la neige qui s'était transformée en une soupe boueuse poivrée de cendres. C'était illisible. Plus loin cependant, là où le sol avait été épargné, il lui sembla apercevoir une piste qui s'enfonçait dans la forêt. Là-bas, l'aube blanchissait, au sommet des grands pins. Il se mit en marche, déterminé à aller jusqu'au bout de sa traque. Il était à jeun, suffisamment du moins pour être en pleine possession de ses moyens sans ressentir les affres du manque, équipé pour affronter le froid. Sa rage lui tenait chaud et ses poches étaient bourrées de cartouches. Il s'efforça de contrôler sa respiration et de prendre une allure régulière, se préparant à une longue course, concentré sur la buée que formait son haleine à chaque expiration. Il lui fallut peu de temps pourtant pour être rassuré. Les empreintes des fugitifs se faisaient de plus en plus serrées, signe que les enjambées étaient plus courtes, que les jambes peinaient à s'arracher à la neige collante. Et surtout, avec une réjouissante régularité, une tache écarlate venait ponctuer la blancheur. Élias sourit. Son tir avait porté et peu importait qui avait été touché du moment que le blessé ralentisse l'autre. Ce n'étaient plus seulement des gouttes éparses, mais presqu'une traînée rouge qui le guidait maintenant à travers les arbres. Et là, une marque sanglante sur un tronc indiquait qu'on s'y était appuyé pour rassembler ses forces. Le but était proche, il en frémissait d'excitation et dut avaler la salive qui emplissait sa bouche.

À vingt pas devant lui, un oiseau s'envola et un paquet de neige se détacha d'une branche. Élias s'arrêta net à l'endroit où les pins jaunes se mettent à gravir les flancs de la montagne. La pente s'amorçait, semée de moraines arrachées à d'anciens glaciers. Les traces disparaissaient derrière un de ces blocs cyclopéens, sans que l'on puisse voir la direction qu'elles suivaient plus loin. Élias hésita, redoutant un piège, puis décida de contourner l'énorme rocher par le côté opposé, espérant que l'effet de surprise soit à son avantage. Derrière le bloc, le terrain se creusait en une sorte de large cuvette, avant de remonter ensuite de manière plus abrupte pour rattraper la dénivellation perdue. Le fond de cette dépression s'embarrassait de troncs venus s'échouer là au gré des tempêtes et au fil des ans. Enchevêtrés, ils se couvraient de mousse et pourrissaient lentement, minés par les cloportes et l'humidité. Pour lors, dissimulés sous la neige, ils n'en étaient que plus insidieux, véritables chausse-trappes où le pied risquait de se prendre et de rester prisonnier. C'est dans ce piège qu'Élias découvrit enfin Pierre et Tíikpuu. Ils avaient glissé dans l'entonnoir glacé et étaient en train de remonter sur le versant opposé. Tantôt Pierre tirait Tíikpuu par la main pour l'aider à franchir des rochers, tantôt il revenait à ses côtés pour la soutenir. La tunique blanche de la jeune femme se teintait de rouge.

Élias demeurait immobile, embusqué, jouissant de les voir s'épuiser dans leur ascension. Ils étaient sur le point d'atteindre le sommet, lorsqu'il passa à l'action. Quittant l'abri du rocher, il s'avança à découvert et en restant sur la crête, il fut rapidement à leur niveau. Alors qu'ils s'apprêtaient à prendre pied, il était déjà là, les dominant de toute sa stature.

— Allez, encore un petit effort, ricana-t-il, vous y êtes presque !

Ils étaient pitoyables, ensanglantés, le visage marqué par les coups pour l'un, crispé par la douleur pour l'autre, parvenus tous deux au-delà de la limite de leurs forces, incapables de faire face à l'homme armé qui les attendait en riant. Sans lâcher la main de Tíikpuu, Pierre se laissa tomber et resta assis dans la pente.

— À quoi bon ? fit-il. Tu n'as qu'à nous tuer là.

Tíikpuu, elle, ne réagit pas. Elle baissait la tête. Elle luttait pour ne pas laisser la souffrance l'emporter et employait tout ce qui lui restait d'énergie à ne pas perdre connaissance. Pierre entendait sa respiration précipitée et saccadée, et aussi comme une plainte sourde, un gémissement psalmodié.

Mais Élias en avait décidé autrement, il n'était pas disposé à se laisser dépouiller du plaisir d'une vengeance si longtemps attendue.

— Pas question ! Toi, tu ne bouges pas si tu veux, mais elle, elle rapplique, sinon je lui remets une balle de l'autre côté, juste où il faut pour qu'elle dérouille un peu plus !

Pierre allait s'élancer contre son père, sans se préoccuper des conséquences. Peu lui importait de mourir un peu plus tôt, mais qu'il le fasse du moins dans la révolte et la colère. Pourtant, il sentit les doigts de Tíikpuu serrer les siens. Il se tourna vers elle.

— Fais ce qu'il dit, lui murmura-t-elle.

La voix était faible, mais il lui fit confiance et à s'en remit à elle, une fois de plus. Avec toute la délicatesse dont il était capable, il la releva et la porta presque sur les derniers pas. En haut, Élias s'impatientait. Lorsqu'elle fut enfin devant lui, il jubila.

— Alors, ma jolie, on a du plomb dans l'aile ? Tu fais moins la fière maintenant, pas vrai ?

Tíikpuu ne répondit rien, comme étrangère à ce qui l'entourait. Elle gardait la tête baissée et, de ses mains, pressait sa blessure pour tenter de réduire l'hémorragie. Frustré par son absence de réaction, Élias lui releva brutalement le menton avec le canon de sa carabine.

— Eh, la garce ! Tu me regardes quand je te parle !

Cette fois, Pierre ne put se contenir, il se rua sur son père. Mais Élias avait prévu sa réaction, il le repoussa violemment. Affaibli, le jeune homme ne put résister et déséquilibré, retomba dans la pente. Sa chute prit fin dans un amoncellement de branches. Sa cheville s'y brisa. Tíikpuu restait impassible. Elle fixait maintenant Élias, pleine de mépris. Ce n'était plus tant la douleur que l'aversion qui se lisait sur son visage. Furieux, il l'eût sans doute frappée, si son attention n'avait été attirée par l'éclair qui brilla un instant à son cou. Il saisit le lacet de cuir et tira d'un coup sec. Tíikpuu ne broncha pas, au contraire l'amorce d'un sourire s'esquissa sur ses lèvres lorsqu'Élias se mit à trembler en découvrant la pierre dorée qui pendait à la lanière. Elle était grosse comme la première phalange de son pouce. Fébrile, il appuya sa carabine contre un arbre derrière lui et, de la pointe de son couteau, gratta la surface de la pépite. Cela ne faisait aucun doute, c'était bien de l'or, et d'une incroyable pureté. Il cherchait à calculer ce qu'une pièce pareille pouvait valoir, mais les chiffres s'embrouillaient dans sa tête. Les yeux brillants, il attrapa Tíikpuu par le col de sa tunique et la secoua :

– Je le savais bien ! Ah ! Ils pouvaient rigoler les autres ! Mais elle existe cette putain de mine et tu vas me dire où elle est !

Elle le regarda en souriant et lui cracha au visage. Stupéfait, il la lâcha. Elle s'effondra, sans quitter son sourire. Non loin de là, un coyote hurla longuement. Élias restait hébété. Se pouvait-il, que si près du but, alors qu'il avait failli perdre espoir, après des années de misère et de frustration, le trésor lui échappe à cause de cette gamine mourante qui le défiait ? Il n'allait pas la laisser emporter son secret dans la tombe, il fallait qu'elle parle. Il l'aurait suppliée à genoux… mais elle ne lui céderait pas le triomphe et le plaisir de sa vengeance pour si peu. La menacer davantage serait tout aussi vain. Car malgré le sang qui poissait son flanc, malgré la torture qu'elle endurait, malgré la mort qui approchait, elle brûlait de joie. Et contre cela, il ne pouvait rien. De rage, il l'aurait massacrée sur le champ !

Fondus dans l'immobilité des branchages, les bois veloutés d'un daim s'animèrent et disparurent en quelques bonds. Le bruit d'une respiration haletante et d'un frottement sur la neige fit se retourner Élias en sursaut. Pierre avait rampé, traînant sa jambe blessée, mais déterminé à rejoindre Tíikpuu. En le voyant, Élias éclata du rire grimaçant des fous ou des possédés. Il récupéra sa carabine, la pointa sur son fils et interpella Tíikpuu :

— Tu parles ou il meurt !

Dans la forêt pétrifiée par l'hiver, le vent glacial avait revêtu les troncs d'un linceul de givre. Cette armée de spectres lugubres sembla parcourue d'un frémissement. Une fine poussière de neige tomba de leurs branches, puis ce furent des paquets entiers qui s'écrasèrent mollement sur le sol lorsqu'il se mit à trembler. Quand Élias réalisa ce qui se passait, l'Ours était déjà sur lui, surgi des confins mystérieux des bois. C'était une bête immense, un grizzli de légende aux griffes longues comme la main d'un homme, un vieux mâle dont le pelage grisonnait, capable de soulever sans effort une biche dans ses mâchoires puissantes. Dans sa charge, il renversa Élias, projetant son arme à dix pas. De ses petits yeux noirs, il fixa l'homme terrorisé en face de lui et poussa un rugissement effroyable. Sa gueule se fendait et s'étirait démesurément, se retroussait sur l'ivoire des canines monstrueuses. Le souffle de son cri faisait vibrer sa lèvre inférieure et couler sa salive à longs traits. Il griffa furieusement le sol devant lui, levant des nuages de poudreuse, puis sembla se désintéresser d'Élias. Il lui tourna le dos, s'approcha posément de Tíikpuu et pencha vers elle sa tête gigantesque. Elle le salua dans la langue des Nimíipuu. Alors, en grognant sourdement, il passa sa truffe humide et chaude sur le visage de la jeune femme, puis avec une agilité surprenante pour une telle masse de chair, de graisse et de fourrure, il fit volteface et se précipita de nouveau sur sa proie. Cette fois, les dents se plantèrent dans le corps. Comme il l'aurait fait de la carcasse d'un jeune faon, l'animal le secoua en tous sens, jusqu'à ce que faiblissent les hurlements. Lorsque son museau fouailla les entrailles, on entendait encore des hoquets d'agonie, se mêlant au bruit mouillé des viscères déchiquetées. Enfin, il se mit debout et lorsqu'il se laissa retomber, sa patte cueillit au passage la tête d'Élias qui s'envola comme un oiseau vers la cime des arbres. Le sang retomba en giboulée tiède aussitôt bue par la neige avide de ce rouge brillant.

Pierre était tétanisé, il ne réagit pas davantage quand le fauve s'approcha de Tíikpuu qui continuait à lui murmurer des mots incompréhensibles. L'Ours s'allongea à son côté. Elle s'agrippa à son pelage, d'un douloureux effort se hissa sur dos de l'animal et passa ensuite ses bras autour de son cou. Couchée dans l'épaisse fourrure, elle y disparaissait presque entièrement.

– Tíikpuu !

Il avait tant à lui dire et seulement le temps de crier son nom, alors que, déjà, le grizzli se relevait.

– Je dois partir, petit Pierre, fit-elle avec douceur.

Il savait bien qu'il ne pouvait rien pour la retenir. Le ciel s'entrouvrit et libéra ses flocons longtemps captifs. Leur chute était paisible et lente, comme un soulagement.

Des cris résonnèrent dans la pente. Pierre crut reconnaître la voix de Sam qui en guidait d'autres. Ses mots étaient secoués de sanglots lorsqu'il demanda encore :

– Tu avais promis... Ton nom, Tíikpuu, qu'est-ce que ça veut dire ?

Elle trouva la force de lui sourire en répondant :

– Pour les Nimíipuu, tíikpuu, c'est la neige.

Sa tête se reposa sur l'encolure de l'Ours qui se mit en marche, une marche souple comme une berceuse, et disparut entre les arbres.

Sam m'a redescendu au village sur son dos, les autres ont tiré le corps d'Élias sur une civière faite de quelques branches. On n'a pas retrouvé sa tête. Il a fallu briser les articulations de ses doigts crispés pour lui faire lâcher la pépite de Tíikpuu. Je n'ai aucun souvenir des jours qui ont suivi. Par la suite, on m'a raconté que j'étais dévoré par la fièvre, que je délirais, qu'on avait craint pour ma vie. Célestine restait à mon chevet toute la journée et Tim prenait sa place pendant la nuit. Il me semble parfois que dans l'agitation de mes rêves, je l'entendais parler près de moi dans les ténèbres et que Tíikpuu lui répondait.

Quand j'ai repris conscience, une semaine plus tard, l'hiver était fini. Le Chinook s'était levé. Certains prétendent que dans la langue des Indiens, son nom signifie *mangeur de neige*. Et la neige avait fondu sous son souffle sec et brûlant. Les cols et les passages s'étaient libérés et Sam put descendre jusqu'à Helena chercher des provisions. D'autres le suivirent, mais ne revinrent pas. Ils préférèrent rester à la ville.

J'allais mieux mais ma cheville brisée me retint encore longtemps à Little Creek avant que je sois capable de retourner sur les lieux où Tíikpuu avait disparu.

Bien sûr, je n'y ai rien trouvé. Le sous-bois s'était couvert d'une jeune végétation tendre et pressée de profiter du printemps. La peine qui habitait mon âme ne s'y reconnaissait pas. Je suis redescendu au village.

Célestine s'est éteinte à la fin de l'automne suivant, paisiblement. Son cœur n'avait plus la force d'affronter un nouvel hiver. Elle fut la dernière à être enterrée dans le cimetière de Little Creek, loin des restes de Jack, Beth et Élias, à côté de Matthew Wilson. Le lendemain de ses funérailles, alors que les premiers flocons de la saison se mettaient à tomber, encore épars et timides, Tim a quitté la maison de bon matin pour se rendre sur sa tombe. Il n'en est pas revenu. Nous l'avons cherché en vain des jours durant. Je ne l'ai jamais revu. Dans les années suivantes, j'ai pourtant sillonné les montagnes en tous sens. Je partais toute la belle saison, franchissant les Rocheuses et les Bitterroot Mountains. J'ai suivi le Lolo Trail que le Fils de l'Ours avait emprunté autrefois aux côtés de Chief Joseph, j'ai gagné les terres sacrées des Nimíipuu et celles des autres peuples, les Cœur d'Alene, les Flathead, les Pend d'Oreilles, les Crow aussi. Dans toutes les tribus, je fus bientôt connu comme *l'Homme qui attend la Neige.* D'une année sur l'autre, les Indiens finirent par guetter mon retour, comme un rituel. J'ai descendu la Columbia River jusqu'au terme de sa course et j'ai enfin vu l'Océan qui m'avait tant fait rêver dans mes jeunes années. Mais mon cœur restait amer et agité comme ses flots : personne ne pouvait me renseigner sur Tíikpuu. Aux premières neiges, je regagnais Little Creek et j'y passais l'hiver, gardien d'un village fantôme et de ses morts. Car au bout du compte, à part moi, il n'y a plus personne : quand Sam et Annah décidèrent de tenter leur chance comme fermiers au-delà des Rocheuses et que le saloon ferma, ce fut la débandade. En une semaine, tous avaient déserté. Alors je suis resté seul, attaché à ces lieux où j'avais toujours vécu et où le souvenir de Tíikpuu me retenait, et l'espoir aussi de la voir réapparaître un jour.

Au plus profond de l'hiver, dans les moments de grande solitude, quand l'âme vacille au bord du gouffre, il arrive qu'un coyote me rende visite. Il annonce sa venue par quelques jappements et s'assied sur le seuil de ma maison. Je lui parle des heures durant, il m'écoute en penchant la tête puis disparaît comme il est venu.

Bien des années après l'hiver terrible, alors que ma quête m'avait conduit près de Kamiah, j'appris qu'une nouvelle légende courait les bois, les vallées et les montagnes. Colportée par le vent des plaines, l'eau des torrents et des rivières, elle volait de bouche en bouche et parlait d'une femme aux cheveux d'or chevauchant un grizzli.

   On l'appelait la Fille de l'Ours.